MOSCOW

Edyr Augusto

MOSCOW

romance

© Edyr Augusto, 2001
© desta edição, Boitempo Editorial, 2001, 2015

Coordenação editorial: Ivana Jinkings
Capa: Heleni Andrade
    sobre capa da primeira edição de Janjo Proença
    com base em foto de Edyr Augusto e produção de Zê Charone
Preparação: Joana Canêdo
Revisão: Sandra Brazil
Editoração eletrônica: Gizele Santos & Ary Olinisky
Coordenação de produção: Livia Campos
Assistência de produção: Camila Nakazone

CIP-BRASIL. CATALOGAÇÃO-NA-FONTE
SINDICATO NACIONAL DOS EDITORES DE LIVROS, RJ

A936m
    Augusto, Edyr
        Moscow : romance / Edyr Augusto. - 1. ed. atualizada - São Paulo : Boitempo, 2015.

    ISBN 978-858-593-493-4

    1. Romance brasileiro. I. Título.

15-18981   CDD: 869.93
                                     CDU: 821.134.3(81)-3

É vedada a reprodução de qualquer parte
deste livro sem a expressa autorização da editora.

1ª edição: outubro de 2001; 1ª reimpressão: outubro de 2010
2ª reimpressão: maio de 2012; 1ª edição atualizada: fevereiro de 2015
1ª reimpressão: setembro de 2021; 2ª reimpressão: dezembro de 2021

BOITEMPO
Jinkings Editores Associados Ltda.
Rua Pereira Leite, 373
05442-000 São Paulo SP
Tel.: (11) 3875-7250 / 3875-7285
editor@boitempoeditorial.com.br
boitempoeditorial.com.br | blogdaboitempo.com.br
facebook.com/boitempo | twitter.com/editoraboitempo
youtube.com/tvboitempo | instagram.com/boitempo

A garotada chama Mosqueiro de Moscou. Chamei de Moscow porque Cacá Carvalho me disse que o livro revira tudo. "M" vira "W". Mosqueiro é uma ilha próxima de Bélem. Antigamente ia-se de navio, bem romântico, a classe alta nas férias, para lindas e tradicionais mansões. Os moradores eram pescadores ou trabalhavam como caseiros, hoteleiros. Mosqueiro era bucólico. Ali passei minha infância e adolescência, sempre nas férias. Os primeiros amores. As primeiras farras. As amizades. Às sextas, final da tarde, chegavam de Belém os pais de família para o final de semana. Voltavam para o trabalho às segundas, cedinho, de navio. Lembro de um caseiro, também funcionário da Prefeitura, a quem apelidei de "Seu Bolachinha", que passava a vassoura na pracinha do Farol, lentamente, sem pressa, com todo o tempo do mundo. Depois veio a estrada e a ponte. O progresso. Mais gente. Ficou fácil ir e voltar. Outros locais para veraneio surgiram. A classe alta foi embora. Moscou ficou popular, as mansões desvalorizaram. Hoje há até invasão de sem-terras. Os finais de semana são lotados. No carnaval, uma loucura. Nesses dias não há bucolismo. Mas ainda vou até lá, fugido, meio de semana e reencontro o silêncio, o vento, a paisagem. Ando por ali, sozinho, cercado por minhas lembranças. Pessoas, cenas, cheiros, amores, vida. Moscow *é sobre violência sem culpa. É em Moscou, poderia ser em qualquer lugar. Dedico este livro a todas as minhas lembranças. Em especial, a "Seu Bolachinha".*

E. A.

MOSCOW

O ar parecia sentir a ausência do barulho. O frege dos veranistas. Domingo à noite. Podem ir. Já vão tarde. Deixam tudo sujo. Por todos os lados. Aquela brisa tinha um sabor especial. A gente sempre fazia isso. Às vezes nem dava certo. Hoje ia. Os barrancos perto da Praia Grande. Ficava para trás sempre um *boy* desses, procurando empregada. Era tiro e queda. Lá estava o garoto no escuro. O Quico disse que ele já tinha tirado a blusa da gata. Dinho avisou pra esperar. Deixa ele endurecer o cacete e achar que é o bom. Chegamos em silêncio. Quando ele viu, estava cercado. O Brown com aquele jeito bem cínico. E o *boy* com papo de jiu-jítsu. Não demorou jogou a carteira. Tava branco. A gente sabe. Eu fiquei com a gata. Naquele escuro, eu precisado. O Quico, com aquela sua jeba, foi pra cima do *boy*. Os outros seguraram. Ele não gritava, com vergonha. A gata tava gelada também. Puxei o cabelo dela, bem fortão e avisei pra facilitar se não queria morrer. O olho dela lagrimava, mas eu intubei com tudo. Fui com toda a minha força. Quanto maior o rosto de medo maior o meu desejo. Esporrei tudo e saí numa boa enquanto o Brown parece que ia por trás. E o Quico demorando na bunda do *boy*. Dá um chute na cara desse veado pra ele nunca mais olhar direito pra homem. Eu tive vontade de apagar a gata. Ela tinha um pescoço lindo. Mas achei também que não carecia. Ela tinha sido bem gostosa. Deixa ela aí. Vamo nessa. Leva a carteira dele. Leva as calças dos dois. Deixa quase nu. Assim eles demoram a sair daqui. Não dão queixa. Nunca. Muita vergonha. E fomos tomar cana no boteco do Barba. Jogar dominó. Até ficar tonto. Deixa o domingo acabar. Lá pras cinco, seis, vermelhão no horizonte, lá pras bandas da Ilha dos Amores, aquele barulho de quem ia embora na segunda de manhãzinha. Deixa eles irem. O sol vem aí. Cheguei em casa ainda com o gosto de pão quentinho, saído na hora. Fui pro meu canto e dormi logo. Cabeça pesada de cana. Gosto de férias assim. Mosqueiro de noite. No escuro. Moscow. Eu gosto.

Quando saí de casa ouvi na televisão a música do Jornal Nacional. A maré estava baixa e fui até a Ilha dos Amores puxar um fumo. A beata estava bem entocada no fundo do bolso. Sentei em uma pedra lá na ponta, acendi e puxei forte. Fiquei ali ouvindo o barulho das ondas nas pedras. Olhando para aquela vista linda do Farol, Chapéu Virado, as luzes e sua iluminação na areia. De vez em quando passava um carro. Mas é segunda-feira e quase todo mundo foi trabalhar. Penso nessa areia que entranha nos pés, sobe pelas pernas e quase sufoca. No segredo que está dentro da água barrenta e se aquelas rochas vão aguentar tanto tempo assim. Me dá quase um prazer. Me espreguiço onde posso porque a pedra é cheia de pontas. Encontro um jeito. Nesse instante estou só, totalmente, olhando para aquele céu estrelado que não temos na cidade. Penso em Graça e acho que já estou no ponto para uma visita. É uma morena forte, seios grandes, bunda maravilhosa, que desde o ano passado vem para as férias. Não sei o que ela acha de mim, mas gosto dela. Não sei o que faz de dia, se tem namorado fixo. Os irmãos são muito caretas. Acho que ciumentos. Mas não faria mal nenhum a eles. Nem a ela. Decido fazer o de sempre, passar no Barba e ver a galera. Penso em Graça no caminho. Eu a via desde o ano passado mas não achava brecha para entrar. Talvez eu fosse bem babaca. Mas agora consegui. A noite havia começado, eu estava no caramanchão do Chapéu Virado, vendo o passa-passa das gatas, pegando um vento, esperando o ônibus pra dar um bordo por aí. Deu vontade de um sorvete. O carrinho estava próximo. Fui até lá. Umas três moças estavam comprando. Graça era uma. Faltou dinheiro, pouca coisa, mas faltou. Eu dei, numa boa. Elas riram e resolvi mostrar minha técnica de abrir os picolés. Fez sucesso. Perguntei o nome. Onde morava. Se estava para as férias. Rolou. Perguntei se estava sempre por ali. Nem sempre. Estavam passeando nas *bikes*. Mas eu podia passar na casa dela, onde ficava mais. Deu o endereço. Encheu minha bola. Agora estou pronto para ir. Mas hoje ainda não. Sei lá. Amanhã tomo coragem. Um pouco fora de mão. A galera não deve saber. Não falo disso. Coisa minha. Tem estrangeiro no Barba. Os veranistas. O Barba aproveita pra faturar. Tem cerveja e uma batida de maracujá muito boa. Temos a nossa mesa. Ficamos por ali no dominó. Assistindo. Os caras com suas bermudas e tênis novos, de olho as gatas. Uns bundões. Aqui na Vila nem são tão bundões como a galera lá do Murubira que fica só se mostrando. Cago pra isso. Às vezes dá vontade de seguir os caras e dar um susto. Uns vêm com seu som e botam umas músicas lá. O Barba gosta do rádio. Qualquer coisa. Programa de esporte. Não me ligo. Gosto do papo. A gente escuta a agitação na Praça da Matriz. Fica uma loucura. Som alto. Uns brinquedos antigos. Às vezes tem show. Conhecemos todo mundo. O Nissim precisa ficar na barraca vendendo bobagens. A mãe quer faturar em julho. Quem não quer? De vez em quando pinta por aqui. Ele ajuda a mãe e prefere assim. A gente respeita. Vai ficando tarde e o bar esvazia. Ficamos nós, como sempre. Agora o Barba também vem sentar. O sotaque português é forte por causa da mãe dele, Dona Cota. Estão há muitos anos em Moscow mas não se desligam. O Barba tem na casa dele uma camisa do Benfica. E quando lê o noticiário esportivo, vai procurar os resultados. Hoje foi só lero. Volto para casa deixando o vento bater e a cerveja ir embora.

Acordo decidido a ir até a casa da Graça. Ela não me saiu da cabeça. Se pretendo alguma coisa, é hoje o dia. Saio mais arrumado e ponho até perfume. Decido ir até lá. Estão todos no pátio. A mãe na TV. O pai em Belém. Estão brincando de um jogo desses que vêm em caixa. Me recebem com cortesia. Ela vem sorrindo, linda. Tem um cara que é estranho. Será namorado? Não. Mas paquera pode ser. Ela olha para ele. Eu fico de longe. Não quero jogar. Fico ali, olhando pra ela, vendo suas coxas grossas e o short amassado, que deixa ver sua calcinha, sua virilha e fico excitado, mas me controlo. Ela sabe que estou interessado e naquele instante mexe comigo por causa do outro cara. Fica entre um e outro. O babaca nem imagina o perigo que corre. O carro dele está lá fora. Um Gol todo incrementado. Vai ver leva ela pra passear, para no escuro e dá um ferro. Será que ela já leva ferro? Só de pensar me dá uma raiva dele. Agora é tarde para os dois. O cara vai embora. Graça vai deixá-lo no carro. Vai ver ele aproveita pra beijar, pegar naqueles seios enormes. Filho da puta. Quando ela volta, eu já fui. Estava com raiva. Melhor não falar. Tinha uma bicicleta dando sopa ali no caramanchão do Chapéu Virado. Levei e imprimi velocidade. Senti o vento no rosto, gostoso. Passei lá na Praia Grande sem nem ligar se o casal da véspera estava por lá. A galera já estava no Barba. Ficamos de boba até umas duas. Apareceu o Tomás. Ele precisava da gente. Um cara mexeu com a irmã dele. Mais forte. Apanhou. Agora queria uma forra. O cara é de uma gangue, mas a gente não bota fé. Vamos? Perto da Praia do Areião. Tudo escuro. Estavam dormindo. Batemos forte na porta. A mulher do cara veio abrir. Levou um tabefe. Esse Quico... O cara veio lá de dentro todo rebarbado. O Nissim deu nele com um pau na cabeça. Nós caímos em cima até deixar a cara toda espocada. O Tomás pediu pra não machucar a cabeça pra ele não morrer. Chegou lá, puxou o cara pela orelha e disse que olhasse bem para ele, Tomás, e nunca mais mexesse com a irmã. Já queriam comer a mulher, mas não carecia. Ela estava barriguda e a gente não gosta de mulher barriguda. Voltamos zoando pelo caminho. A gente é foda. No caminho de casa acendi uma beata, improvisei a marica com um grampo de cabelo, relaxei e dormi legal.

Foi o Brown que apareceu. Na rua me disse que estava com secura na mulher do cara que a gente espocou, o que mexeu com a irmã do Tomás. Perguntou se eu ia com ele. Fomos. Logo cedo. O cara tava tirando serviço no Edifício Catolé. Problema na bomba de água. A gente chegou e ficou de longe. Tinha uma velha conversando com ela. Devia ser vizinha. A gente podia dar um pau na velha. Não. Melhor esperar. A velha foi. Eu fiquei. O Brown foi entrando. Ele tapou a boca da mulher. Rasgou o vestido de uma puxada só. Aquele barrigão, seios grandes, cabelo comprido. O Brown dizia pra calar a boca, pra não machucar a criança. Assim ela aquietou. Se fartou. Me chamou. Eu fui. Pediu um lanche. Não deixou ela se vestir. Ela fez. Será que gostou? Nós comemos bolinhos e café. Quando acabamos o Brown foi lá de novo e crau. Me chamou. Não fui. A mulher era bem gostosa mas era dele e pronto. Se não sou o primeiro não fico na base do pão com manteiga. Ele ainda queria ficar mas eu puxei o carro. Essa mulher vai contar e esse cara vem atrás da gente pra matar. O Brown acha que não. Que a mulher não vai contar por medo de perder o marido. Sei lá. Já esqueci. Perdi a hora de passar lá na Graça. Agora já estão dormindo. Fomos pela Estrada das Mangueiras, pegando vento. A gente devia planejar um ganho legal, forte mesmo, pra fazer uma farra daquelas. Tem a distribuidora de gás lá do seu Alfredo. Diz que o sacana bota um monte de alarme, cachorro, e o escambau. Só vendo. Acho que a gente precisa de um ganho. O Brown gostou mesmo da mulher. Sei lá, com aquela barriga. Não é isso. É o jeito dela olhar, cara, um olho de gente pra valer, sabe. Porra, tu vai arrombar a mulher e fica apaixonado! Cara, a gente nunca sabe. Eu fui lá pra arrombar a mulher por causa daquela bunda, daqueles peitos e quando acaba é o olho dela que não sai da minha cabeça. Cara, o olho da mulher. Sei não, se o sacana vacilar, dança e eu fico com ela. Não quero viver junto, não, que eu gosto mesmo é da minha liberdade, mas pra duas, três vezes por semana dar um pega legal. Deixei o Brown ali na Bateria e saí por aí, ouvindo o Mosqueiro dormindo, as ondas, o vento e a umidade da madrugada. Fiquei pensando no Brown e essa coisa do olho da mulher, que parece que ele viu por dentro dela. Será que algum dia eu vejo o dentro de alguma mulher? Da Graça. Eu gostava do jeito dela, de sentar, de mexer no cabelo, das pequenas gargalhadas felizes. Mas eu batia uma punheta federal era pras coxas, a bunda, os seios abundantes que eu nunca tinha visto igual, mas queria ver, imaginava, deitado, olhos fechados, só de pensar eu ficava excitado naquele silêncio da madrugada que chegava ao fim, zanzando, andando por esse Mosqueiro que era meu, todinho meu naquele instante, mesmo que não tivesse ninguém, nem a Graça, que eu nunca tinha visto por dentro. Eu cheguei em casa e corri procurando a Dondinha que eu queria traçar pra passar a vontade, mas ela tinha dormido com a mãe e não deu pra chegar perto. Então eu fui pra rede e bati uma bronha bem aplicada, chorada, pela Graça, que eu prometi que vou comer e, quem sabe, olhar por dentro, olhar dentro do olho. Eu vou.

Passo na casa de Graça. O Gol do Beto na porta. Filho da puta. Não vou entrar. Por que ela não manda o cara passear? Também eu não entro na área, né? Preciso dar uma decisão, nem que seja afastando o *boy*. Fico pensando se estou muito mole. Imagina se a galera sabe. Hoje tem futebol ali na quadra perto da Vila. Não vou ficar com a Graça, vou jogar futebol. Time de camisa. Esses torneios que a prefeitura faz no verão. Jogo na defesa. Brown e Dinho são bons. Quico é goleiro. Levaram o Zizinho, vizinho que é craque. Ganhamos os dois primeiros jogos. Veio o último. O Barba é o técnico e o patrocinador. Puxamos uma birra antes de entrar em campo. Só pra entrar numas. Era a decisão. O outro time era bom. Um atacante baixinho, desses que têm muita base e rapidez no futsal. Na segunda porrada que eu dei, veio o cartão amarelo. O cara era chato. Vinha pra cima pedindo uma decisão. Mas se aborreceu comigo. Quando o lance estava longe me deu um tapa. O sangue veio. Eu não ia deixar por menos. Acabou o jogo. Joguei no chão e fiquei dando com a cabeça dele no cimento. Já estava saindo sangue quando me tiraram. A porrada foi geral. O Brown e o Dinho também não pegaram leve. Deu polícia. Mas só para desapartar. E a gente quer saber de voltar o jogo. Nem fodendo. O cara é que me bateu. O Barba achou melhor a gente cair fora. O baixinho foi para o hospital com a cabeça quebrada. A respiração a mil. Nessas horas é difícil falar comigo. Fecha o tempo e o pensamento. A galera sabe. Fecharam em mim. Não deixaram ninguém se aproximar. Fomos pro Barba e ficamos lá lembrando do jogo. Da porrada. Eu nem cheguei a me bater. Tive uma reação muito rápida. O baixinho levou azar porque escorregou e foi pro chão. E no chão sou mais eu, caí por cima e foi só raiva. Mas não perdemos. Foi empate e deixa pra lá. A cerveja rolou. Ficamos bebendo até tarde. Dormimos nas mesas. Não tenho mais nada pra contar. Fui pra casa aos pedaços. Eu sempre volto pra casa. Nem sei como cheguei.

O primo do Dinho veio pro final de semana. Nós fomos pra casa dele. Puta casa ali em São Francisco. Fomos entrando. Os pais e tal olhando estranho. Não ligamos. No quarto do Gabriel rolou som. *Heavy metal.* Não sei o que acho de música. Me diverte. Gosto bem alto. Não entendo nada, mas mexe o corpo, a cabeça. Dá vontade de gritar. A gente bota pra fora. O Brown perguntou se o barulho incomodava. O pessoal saiu pra dar um rolé. Então aumenta mais. Rolou um baseado. Puta coleção. Só disco do caralho. Metaleira total. Não conheço o nome de nenhum. O Dinho até que pedia este ou aquele. Não tenho disco, não tenho som. Não preciso. Quando ouço gosto e pronto. Deu vontade de sair. O Gabriel botou a gente numa Pajero. O cara passa bem. O pai solta na mão. Fomos pro Murubira ver as gatas. A galera chegando pro final de semana. Abrimos as portas e deixamos o som rolar. Tem gente que faz cara feia. Queriam ouvir pagode. Também gosto. Gosto de tudo que me alegra. Mas ali era *heavy metal.* Rolou uma cerveja. O Gabriel pagando. Assim é bom. Ele é bem legal. A gente bem que podia chamar umas gatas. Mulher sempre é bom. Passaram uns guardas. Mas eles respeitam o carrão. E a gente fazendo pose. Queria que a Graça passasse por aqui e me visse de Pajero. Não sei, talvez se assustasse com o som. E o tal do Beto? Depois eu penso. Vieram duas gurias. Elas gostam de rock. Não são patricinhas como as outras. Estão simples. Sutiã e shortinho. Os peitinhos embicando no tecido. As bochechas saltando fora do short. Tem um cara com elas. Adalberto. O Gabriel enxerga ele do colégio. Elas conhecem os conjuntos, a música. Andréa é o nome de uma moreninha, cabelos crespos, cheios, desses que vão pescoço abaixo. Penso logo que ela deve ser cabeluda na boceta. Mas ficamos respeitando o Gabriel que é legal e nos levou ali. Não vamos queimar o filme. Decidimos ir mais adiante com o carro, na direção das pedras. Descemos e ficamos ouvindo, todos juntos, mais distantes da muvuca. Fico ali olhando Andréa se movimentar. Linda. Parece uma onça. Todos os gestos são sensuais, mesmo que ela não queira. Mas acho que quer. Mulher não faz nada à toa. O Gabriel vai se dar bem com a outra, Manoela, parece, branquinha, mais cheinha, seios grandes. O Adalberto quer ouvir o som e dar um tapinha. Fica no canto. Brown e Dinho também ficam só de olho. Pronto, o Dinho encostou na Andréa. Vão para trás do Pajero se amassar. Passei nessa. Eu gostaria. Vou saindo de banda. Sento nas pedras. Dou uma olhada discreta. O Dinho se movimenta. Talvez esteja comendo a menina. Entraram no carro. Ele pode, é primo. Lá pelas três a gente decidiu sartar fora. Não sei se o Gabriel fez a menina dele. Acho que foi só amasso, mas o Dinho não vacilou, com certeza. Eu e o Brown voltamos a pé. As meninas foram com o Gabriel. O Dinho também. Quem sabe foram para um segundo tempo. Sobramos, tudo bem. A cerveja foi legal e a birra também. Hoje não tem saideira. O Brown se manda. Vou para a Ilha dos Amores esperar o amanhecer. A maré agora está alta. Fico ali no começo. O bar do Hotel do Farol ainda tem gente. Casais estão trepando perto das pedras. Hoje não dá pra ficar legal. Decido margear até a Prainha. Com cuidado. Sei que preciso dar um tempo naquelas bandas. Hoje vou mais cedo pra cama. Quando chego lembro de Dondinha. Dondinha de redondinha, porque ela sempre foi gordinha. Crescemos juntos. Eu tirei sua virgindade. Ela mora no Mosqueiro e eu em Belém. Ela não é santa e já aprontou. Todo mundo sabe. A gente se dá bem. É só pra ficar. Eu gosto do seu corpo macio, cheinho, aquela boceta gorda. Nos acostumamos a transar em silêncio, na rede, eu por trás, segurando seus seios pequenos. A gente se dá bem. Ela ainda está na rede. Não levantou. Não adianta, fiquei com tesão das gatas. Não rolou pra mim, mas hoje não vou de bronha. Já chego me deitando e apertando seus seios. Ela olha de esguelha e já sabe o que vai ser. Dorme de combinação apenas. Abaixo o calção e meto lentamente. Quentinha. Como é bom! Suave, lento, e quando vem o gozo, gememos baixinho. Depois ficamos ali, olhos abertos, em silêncio, ouvindo o canto triste dos passarinhos ao amanhecer, sentindo o cheiro de cocô de galinha que vem do quintal. Sempre foi assim naquela casa. Ela sai de mim com cuidado, me beija na fronte e vai começar seu dia. Toma seu banho, vai comprar pão e mais tarde torcer o pescoço das galinhas da venda. Percebo apenas. Já estou adormecendo e fico ali em sua rede. Ela vai cuidar pra que ninguém faça perguntas. Durmo.

Já estou na casa da Graça. Não sei o que acham de mim, ali. Me deixam entrar. Estão acabando de jantar e vendo televisão. Tomo uma Coca. Depois vão para a varanda. Vou também e participo da conversa da família. Brincam comigo porque não estou queimado de sol. Não respondo, digo evasivas. Ela me leva até o portão onde ficamos conversando. Fala das amigas. Da praia. Eu a escuto embevecido. A penugem sobre seus lábios, loura. Os olhos espertos, criativos. A calça deixando aparecer o umbigo, também coroado por pelos dourados. Meu Deus, como ela é bonita. Como sua voz é melodiosa, seu cabelo sedoso. Por mim, agarrava ela agora mesmo pra fazer amor. Mas penso nessa palavra. O que é amor? É esse desejo por sexo ou o desejo pela pessoa, por tê-la ao lado, sempre, conversar eternamente. maior que não conheço? Ou aquela sensação forte, que também não sei o que é e que às vezes me lança a... Bem, não quero pensar nisso. Ainda não pude nem jogar meu charme e chega o paquera dela, no Gol. Beto. Ele me deixa profundamente irritado. Com raiva. Tento esconder e ser simpático. Preciso ser melhor do que ele. Preciso que ela perceba que sou melhor. Ele está adiantado. Chega e dá um abraço forte, desses que faz os seios mergulharem no peito da gente, a virilha encostar. Aquela morena linda na minha frente, amassada pelo tal de Beto. Foda. Já começo a pensar em sartar fora e deixar pra lá. Mas a família vai sair para um aniversário. Acho que o Beto também vai ficar na mão. Nos despedimos. Ele me chama para uma carona no Gol. Vou, porra, não tenho nada pra fazer. Carro legal, rolando um pagode. Vamos parar no Hotel do Russo pra tomar uma? Ele paga. Universitário da Unama. Porra, Unama? Cara pra caralho, né? O pai paga. Deu o carro. Ele estuda muito e se dá bem. Já sei o que ele quer saber. O que faço ali, com a Graça que ele quer. Amiga, apenas. Há muito. E ele? Conheceu no show do Só Pra Contrariar, no Iate, lá em Belém. Uma gata. É, também acho. E aí, vai namorar? Não, é só ficar. Nessas férias não tem essa. Tem mulher pra caralho andando por aí. Olhamos para uma mesa próxima. Tem quatro sozinhas olhando. Vai encarar? Vamos. Sentamos com a cervejinha. São crianças. Mas eu não dispenso. Não passa de paquerinha. Lá pelas dez elas se mandam. E aí, rola alguma coisa a mais? Vamos procurar uma festa. Vamos. Rodamos por Moscow escutando som. Paramos no Hotel do Farol. Pegamos uma mesa. Ele está morando no Tralhoto. Assim de garota. É verdade. Mas ali no bar está todo mundo acompanhado. Não posso deixar de notar uma mulher, em uma roda. Uns caras com violão, cavaquinho, atabaque. Maior pagode. Ela está lá me olhando. Coroa. Meio loura, não sei se pintado. Está com uma dessas camisas de malha, amarrada no peito, deixando a barriga de fora, e short. Agora também olho. Ela vai pro banheiro, acho. Mulherão. Bundona. Um andar do caralho. Mas não me atrevo. Sei lá. Às vezes me manco. O Beto está ficando pesado. Ele me cutuca e volta ao assunto da Graça. Qual é? Pergunto se ele gosta mesmo dela e ele diz que é somente paquera. Então eu digo que gosto. Gosto mas não cheguei junto ainda. E aí, vai encarar? Tem alguma coisa a dizer? As palavras saem assim rápido, desafiadoras, sem que eu consiga me defender delas. Ele não sabe dizer. Ah, porra, não sabe. E quem sabe? Tá bêbado. Vai dormir, vai. Deixa o carro aí e apanha amanhã. Saímos os dois a pé. Eu o levo amparado.

Ele é legal. Mas essa coisa com a Graça tem de ser resolvida. Ou é um ou é outro. E sou eu, claro. Não vou abrir. E, pensando bem, ele pode se dar mal comigo. Quando vem a raiva, não dá pra segurar. A noite já vai chegando ao fim e eu o deixo na portaria do prédio. Depois a gente se vê. Estou andando de volta. Olho para o térreo do Catolé. Um movimento. Uma guria acordada, no pátio. Uns dez anos. Vai dormir, penso. Está apenas de camisola. Eu a chamo, discreto. Uma, duas vezes. Ela vem. Olho para os lados. Ninguém. Érika. Saio com ela de mãos dadas em direção ao barranco da praia. Deito em um banco da pracinha do Farol, olho as últimas estrelas, percebo o avermelhado do dia chegando e cochilo. Acordo com o ônibus passando lá pelas seis. Assustado. Há sangue em minhas mãos. Vou para casa. O sol já começa a ferir os olhos. Vou direto para o meu canto. Não durmo fácil. Aconteceu alguma coisa. Olho para as mãos e os braços. Vou à pia e lavo. Sei lá.

Lancho no Sucatão. Sanduba do bom. Cachorro-quente. Picadinho. Sento no banco corrido e como com prazer. Dona Beba já me conhece. Gosto dela. Trato bem. Fico à vontade. A gente se entende. Às vezes, fiado. Uma vez tinha um bebão torrando o saco. Dei um chega. O cara até ficou rebarbado mas foi embora. Desde aí. Sarto. Hoje não tem negócio de Graça. É dia de festa e é bom estar solteiro. Égua! Falo como se já namorasse com a Graça. Pego a Bateria. Um carro com pneu furado. Mulher no volante. Ela me olha pidão. Tá foda. Mas não tem jeito. Vou. É uma coroa. Podia ser gordona, senhora, sei lá. Mas não. É uma coroaça. Cabelo pintado. Mas fica bem. Calça comprida. Blusa decotada. Os seios balançam enquanto ela me explica. Acho que foi isso. Aquele balançado. Não conheço nada mais lindo. Tem alguma coisa nela que eu saco. Vou trocando. É questão de jeito. Trocar pneu. Mas mulher não precisa. Deixa que a gente troca. Vou trocando e ela ali do lado. Fico olhando de banda para as pernas. Está descalça. Pés bonitos. Dedões. Eu chuparia esse dedão bem gostoso. Termino e encaro. É nessa hora que lembro. Ela também. Não tenho coragem de dizer. Ela tem. Era eu no bar do Farol. Falo do Beto, bêbado. Ela também estava. O pagode rolou até tarde. Oferece carona. Vou. Me deixa lá na Vila. Falo da festa no Pedreira. O que é Pedreira? Ela foi deixar as filhas na casa da amiga. Não quis encarar. Mas avisou que vai estar lá no bar do Farol e que eu posso encostar. Eu digo que sim, mas não sei. Deve ser gratidão. O carro é um Corsa de mulher, bem cuidadinho mas com umas porradinhas pelo lado. Se chama Mara. Tchau, Mara. A gente se vê. Fico na frente do Praia Bar. Não é ali que a galera está. Eu não ia parar na frente, né? Estavam no Lico enchendo a cara, jogando sinuca. Fiquei lá, pensando, calado. Eles perguntaram. Deixa pra lá. Fomos pro Pedreira. Rolando brega e pagode. Tudo me diverte. Ficamos lá fora paquerando as gatas. O som era do Rubi, zoando uns cinco quarteirões. O Quico chamou num terreno baldio. Um amigo com Tina. Tina Turner. Pasta de cocaína. Não é sempre que gosto. O cara tava trincado. Aceitou uma banda e deu um tapa pra gente. Entra feito foguete. Voltamos pra frente do Pedreira. A gente desanda a falar besteira. Cantamos um pagode. Entrei. Puta calor. Aquele cheiro no ar. Fui direto na branquela de minissaia. Puxei pra dançar. Perfume barato. Apertei ela no brega. Senti seu corpo todo contra mim. Endureceu o cacete. Ela sentiu e gostou. Dançamos legal. Vamos lá fora. Não. Tô com as amigas. Ficou com medo. Que se foda. Saí e encarei aquele ar fresco da madrugada. Umas duas, talvez. A Tina ainda estava no efeito. Isso aqui gorou. Vamos pro Barba. Vão vocês. Vou andar por aí. Fui pela Beira Mar, pegando o vento. Noite de sábado, a galera aprontando geral. Na Praia Grande também tinha festa. Passo junto de um carro e o cara está comendo a garota, lá, toda esparramada, se abrindo. Porra, será que vou pra bronha de novo? Lembrei da Graça, passei a mão no pau, um tanto cheio de culpa. Desculpe, Graça, mas é assim. É só pensar no nome e corre o sangue lá naquele lugar. Lembro da empregadinha e do *boyzinho*. É tarde, não tem ninguém por perto. Passam os carros dos barões indo e vindo. Chega o Farol. Passo o Tralhoto e o Catolé. Carro da RP estacionado. Passo discreto, olhando para o chão. Acho que não tenho aparência suspeita. Sabe lá. Bom... sabe lá. O Farol! O bar do

Farol! Mara, esse é o nome. Será que ainda está por lá? Vai ver era educação, gratidão, sei lá. Muita farinha pro meu saco. Vou chegando na boa. Ouço o som do pagode. Todos cantam desafinado. Quem quer saber? Paro no balcão e olho em volta. Ela está lá, agora com um tomara que caia. Porra, tomara que caia. Coroaça. Aqueles seios. Eu morria neles. O rosto melado, suado. Já tomou umas e outras. Fico olhando na base do quem sabe. Ela me vê. Chama. Faço um sinal que não sei. Ela vem. Ela vem! Chama pra roda. Está legal. Eu vou gostar? Vou. Sento em um banquinho do lado. Tá todo mundo encharcado. Ela põe a mão na minha coxa. Encosta a dela na minha. Canta, o cabelo passa na minha cara. Coxão. Vou ficando. Uns vão embora. Ela encosta a cabeça no meu ombro. Aí beija a minha orelha. Convida para uma volta. Vamos. Estou intimidado. O desejo está estourando mas não sei lidar com isso. Com ela. Vamos até o escuro, fora da vista. Eu abraço e dou uma chamada. Ela vem toda dengosa. Encosta aqueles peitões em mim. Força a xoxota contra meu pau. É tão direto que estou quase para esporrar no primeiro beijo. A língua dela entra pesquisando tudo, pra valer. Vamos pro carro. Vamos. Nem entramos a mão dela vai direto no meu pau que ela põe na boca. Gozei direto. Ela engoliu tudo. Nunca vi disso. As mulheres costumam detestar. Não deu pra aguentar. A birita, a Tina, a mulher do Botafogo e agora essa coroaça de cabelão que esconde um pescoço maravilhoso. Demais. Vamos pra casa. Hoje tô só. As meninas dormiram na casa da amiga. A casa era ali por trás do antigo aeroporto. Faz silêncio. Não pode queimar o filme dela. Foi dirigindo e eu metendo a mão naqueles peitos, naquela bucetona, taradão. Entrei agarrando por trás. Foi comida na sala. Tarada. Ela também me comeu. Sentia a pressão em todo o pau. Sabia fazer. Para aprender. Apertava a blusa entre os dentes para não gritar. Gozou feito uma filha da puta. Eu também. Tive vontade de gritar. Me levou pra cama. Olhei na luz da manhã que chega. O corpo dela forte. Uma mulher de verdade. Encoxei por trás e dormi sentindo aquele cheiro de porra. Acordamos tarde. Dormi fora! Deixa pra lá. Depois explico. Ela já tinha tomado banho. Cheiro bom. Fui acordado levando uma chupada. Não era sonho. Que sorte. Caiu do céu. Uma mulha dessas. Preciso manter em segredo. Comi novamente. Agora sem pressa. Aproveitando cada dobra daquele corpo. Ela botou uma camisinha. Disse que foi uma louca na véspera. Bota. Eu também acho. Quis abusar. Pedi a bundinha. Ela disse que não. Mas foi um não tipo quem sabe outra vez. Dessa, escapa. Fodemos muito. Se eu quisesse mesmo, ela dava nem que fosse na marra. Quando eu quero eu quero. Tomamos banho. A gente se vê. Tem duas filhas adolescentes. Izabel e Cristina. Vi as fotos. Duas gatas. Porra, deu até medo. A gente pensa em tudo. Comer as três. Ela se dá respeito. Ia para a praia com elas. Não tem marido. Se mandou. Ela é dentista. Pode. Sozinha. Se deu umas férias. Não é qualquer um. Comigo foi simpatia imediata. Não é dada a sair com garotos. Mas foi olho no olho. Fazer o quê? Depois há muito que não dava. Estava precisando. A gente se vê. Não pode ser assim, normal. As meninas sacam tudo. De vez em quando. Te dou o telefone. Me liga. Me mando. Cheguei em casa. Vazia. Dondinha estranha. Eu ali, aquela hora. A casa vivendo seu dia na venda. Pensei em procurar a Graça, mas não tinha astral. Estava tão feliz que voava. Uma coroa! Filha da puta. Eu sou bom pra caralho. Ela gostou. Uma mulher de verdade. Agora eu já posso qualquer coisa. Fiquei ali na cama sentindo o pau ralado de tanta fodelância. Dormi.

O Dinho veio me buscar. A gente sempre apronta no domingo. Tinha uma parada. Eu estava precisando de dinheiro. E quem não estava? Encontramos com Quico e Brown lá no caramanchão do Chapéu Virado. Passamos antes no Sucatão. Dona Beba não estava. Hoje era a Liete, gostosa. Mas o marido fica perto, olhando. Desse eu tenho medo. E a parada? Lá para a Baía do Sol. Uma casa. Dois andares. A galera passou o fim de semana e se mandou hoje de tarde. Fica só a mulher. O marido sai. Some. Som, TV, geladeira, coca e um cofre. Um cofre? Foi o que disseram. O que pode ter num cofre aqui em Moscow? Não sei, mas é um cofre. Vai encarar? Pegamos o ônibus. A gente entoca tudo no mato e depois vai recolhendo. O Barba repassa. Se ele vai querer? É coisa alta. A gente passa aos poucos. Ele vai esculhambar. Mas fica. É assim tão fácil? É. Trouxe Tina. Melhor pra dar coragem. Mão limpa? Não. Trouxe um berro e duas facas. E atira, essa porra? Sei lá, mas assusta. Na maior caradura. Cara feia. Bota a camisa na cara. Fica mais feio. Não chama pelo nome. Todo mundo é "cara" e pronto. Vamos. O Dinho na frente. Ele gosta de comandar. Vou ficar tomando conta da mulher. Vale comer? A gente vê na hora. Se estiver silêncio pode se fazer. Chegamos e entramos pelo mato. Tudo escuro. Rodeamos. Som das ondas no fundo. Luz de televisão lá em cima. Porta fechada. Uma janela aberta. É por lá. Tem cachorro? Um bestalhão. Vou passar a faca. Chama. O bestalhão veio abanando o rabo. Brown passou a mão na cabeça dele. Cortou na garganta, fundo e ficou segurando. Deu um gemido. Só. Vamos. Entramos em silêncio. Brown esbarrou e deixou cair um cinzeiro. Eu e Dinho subimos a escada. A mulher vinha saindo, curiosa. Recuou. Dinho disse pra ela ficar calada. Ninguém ia bater nela. Entramos no quarto. Ela estava de camisola. Porra, uma gata. Magrinha, loura, com o bico dos seios aparecendo no tecido da camisola. Correu o sangue no pau, sabe? Aquele arrepio. Mandei a gata deitar. Fiquei olhando, tinha um pescoço branquinho. Dinho me deu o revólver. Brown e Quico lá embaixo reunindo tudo. Dinho também foi. Ela com o travesseiro na cara. Eu podia. Acho que o Dinho ia dar o serviço e os outros também. Se eu fosse o primeiro era melhor. Deixava o pão com manteiga pros outros. Os olhos dela eram de espanto. O corpo tremia. Isso me dava mais vontade. Pensei no Brown comendo ela. O Dinho, o Quico. Eles iam arrombar a magrinha. Ela ia acabar gostando. Elas sempre gostam. E tem a tensão da cena. É um assalto. Acontece em minutos. Minutos em que ninguém poderia aparecer. Ou podia. Barulho. O que foi? Luz de carro, caralho. Quando volto, a cama vazia. A gata correndo pro pátio externo. Volta! Ela pulou, a sacana. Eu podia ter atirado desde sempre. Mas não. Atirar nas costas? Da gata? Gelei. Ou não quis. Não posso dizer. A gata fugiu! Vamos nos mandar! Desci me batendo todo. Brown ainda com o som nas mãos. Nos embrenhamos. Alguém chegou. A mulher chorava contando. Vamos abrir! Deixa aí entocado. Leva só o som. A gente se vê no Barba. Ninguém sabe de ninguém. Me chamaram de merda porque não atirei na mulher. Vão se foder. Não deu. Não vou queimar o filme assim. Voltamos eu e Brown, pelo escuro, usando o mato como atalho. Em poucos minutos estávamos em Carananduba. Vimos carro de polícia passar. Babacas! Nas férias de julho querem mostrar serviço.

Pegamos o ônibus. Dinho e Quico ainda demoraram a chegar. Larica filha da puta. Não adianta discutir. Depois não vem com negócio de merda. Eu não ia apagar a gata justamente na hora em que chegou o carro. Tinha o som. O Barba ia ficar, mas ia deixar de molho uns dias. Adiantou uma banda. Deixa o resto perdido. Eles vão procurar e achar. Não deu, pronto, fica pra a próxima. Tem que planejar melhor. A gente podia se foder feio. Ela não viu minha cara. Com certeza. Puta gata. Porra, eu fiquei pensando que a gente ia traçar ela. Tremia pra caralho. Quico nem tinha visto. O Dinho contou dos biquinhos dos peitos dela. Eram pequenos os peitos. Mas eu ia gostar. Botava o travesseiro na cara e passava a rola. Que se fodesse. Quem manda ficar sozinha? O Quico quase se cagava de medo correndo pro mato. E o Brown que deu uma topada? Vai ficar sem jogar bola. Quem manda ser leso? Voltei pra casa pegando o vento. Aquela multidão que vinha pro final de semana parece que deixava um peso no ar. Moscow queria respirar. E já começavam a passar os carros do pessoal que volta pra Belém só na segunda de manhã. Podem ir. Vão embora. Andei pela praia, deixando a água molhar as pernas. Lá vem o dia. E lá vou eu dormir.

Segunda. Saio chutando lata. Bom para respirar. Choveu no final da tarde. O asfalto está molhado com aquele cheiro e a fumaça. Calor. Agora uma brisa. Já anoiteceu mas dá pra ver ainda uma nuvem carregada. Me encaminho para a casa de Mara. Só pra passar. Nada demais. O carro está na porta. As duas gatas estão lavando. Devem ter chegado da praia há pouco tempo. De biquíni. Gatas. Tesão. Puxaram pra mãe. Lindas. Alegres, divertem-se jogando água uma na outra. Mara deve estar lá dentro. Não ouso. Ela não vai gostar. Fico por instantes encostado em um poste olhando as gatinhas. Quem sabe? Decido sartar. Passo de cabeça baixa, do outro lado. Elas nem reparam. Biquíni entrando no rego. Gosto. Vou pra casa da Graça. Cheio de esperança. Em vão. Foi para Belém. Volta na sexta. Tá. Deu um vazio. Hoje não vou no Barba. Penso na Ilha dos Amores, mas lembro que tem sempre chatos e não fico à vontade. Ando por aí até Porto Arthur. Sento na amurada e fito as ondas, a espuma, o vaivém, indiferente aos veranistas que passam e às suas conversas. As férias estão na curva final. O que acho? Como sempre. Cresço. Novas experiências. Mara foi uma. Ainda vai ter mais. Quem sabe não continua depois das férias? Ela disse que foi olho no olho. Eu lá sei o que é isso? Moscow é meu parque. A família é daqui, mas foi morar em Belém. Deixamos a casa e a venda com a mãe de Dondinha e sempre viemos nos feriados e nas férias. Vivo minha vida. Eu e eu. Ninguém tem nada comigo. Minha mãe trabalha o dia inteiro. Não quer saber. Se diverte em Moscow e também trabalha na venda por uns trocados. Não me enche o saco. Nem eu o dela. Às vezes deixa uma banda. Se não tenho, arranjo. Escolhi a noite. O dia me fere. O sol, a luz, o calor, o barulho, as pessoas. Estou no turno da noite. Vou para a escola. Às vezes passo, outras fico. Cumpro minha obrigação. Não sei o que quero. Eu e o Brown somos da mesma turma. Fazemos nossa turma ou gangue, como chamam. Tem noites em que vamos com a galera pichar paredes. Outras, é banho de lua na esquina até de manhã. Saí da linha duas vezes, acho. Mas ninguém descobriu. De vez em quando não controlo. Sei depois. Leio, ouço. Não sei o que quero, mas não invejo nada. Nem esses mauricinhos que passam de carro, com roupas da moda. Tenho meu jeans, minha bermuda, meu tênis. Tá bom. Tenho minha liberdade. A cabeça limpa. Às vezes pesa quando queima o filme. Mas tem noites assim. Espero por Moscow em julho. Tem Quico e Dinho, que moram aqui. Desde criança. Passamos por paradas legais. Já batemos e levamos. Corremos e fizemos correr. Dinho nunca vai saber o que aconteceu com a irmã de criação. Ninguém vai saber. Não deu para evitar. Foi uma daquelas noites. Rápido. Só lembro do pescoço virado, quebrado. Encaramos juntos. Não cobramos nada. De repente nos juntamos e vamos. As coisas são assim, simples e pronto. O resto é lero. Menos a Graça. Penso se a assusto aparecendo apenas à noite. E com relação ao Beto? Ele tem carro, roupas, papo. Deve ir à praia com aquelas sungas de boiola. E no entanto ela não me manda embora. Mas também não entra na área. Nem eu. Gosto dela. Ela tem importância pra mim. A única. Às vezes bota a mão na minha coxa. Outras, mexe no meu cabelo. Mas não é como a Mara, que tinha outra intenção. Ela parece que se preocupa comigo. Isso me afeta. Ninguém olha para mim. E eu não olho pra ninguém. Para dentro de ninguém.

Ela é bonita, mas há algo mais. Cativante. Que me puxa e faz ter vontade de ser legal com ela. Não dá para não pensar em sexo. É mais forte. Mas não é só sexo. Tem algo mais. Também não é aquilo. É coisa do bem. Penso que devo fazer uma tentativa. Não tenho carro, não posso convidar para dar uma volta. Não tenho aquelas roupas de bacana. Ir à praia. Talvez assim ela ache que sou mais "normalzinho". Acho que vou. Sexta. Ela chega e vai com a turma. Eu sei o ponto, entre o Farol e o Chapéu Virado. Vou precisar dormir cedo. Isso vai ser barra. O sol, a luz. Vai ver vou assustar com a minha cor. Há quanto tempo não pego sol? Não vale o de ontem. Foi rápido da casa de Mara até minha rede. E daí? Vale a pena tentar. Se o Beto estiver lá, vamos ver. Sou mais eu. Ele é muito pimbudo. Pronto, vou. Pensar leva tempo. As pernas doem pelo tempo em que ficaram dobradas. Passo no Sucatão para o sanduba de Dona Beba. Chego em casa e olho para a Dondinha em sua rede. Hoje não. Estou em outra. Graça. Fico naquele silêncio da noite olhando a lua pela janela. Rolo de um lado para o outro. Penso nas férias. Nas ondas. Nas paradas. Não temos medo de nada. Tomamos cuidado. Coisa simples, mas ninguém derruba ninguém. Graça é uma experiência. Não sei o que vai mudar, se der certo. Se valerá a pena. Tremo. Medo de mulher? Qualé? Vou dormir. Não.

O jogo de dominó. Hoje é a grande noite. O Barba vai ser palco de uma das maiores partidas de todos os tempos. A fabulosa e invencível dupla que formo com Brown vai dar mais uma demonstração de seu incrível talento. Valendo um garrafão de vinho que já está sobre o balcão, à vista de todos, como um troféu. O Quico já está lá, sentado com o Brown e o Barba. Falta chegar o Dinho, que joga com o Quico. Lógico, tem o Barba fazendo sinais combinadíssimos, visando ajudar o namorado. Todos sabemos disso, mas fazemos de conta que não percebemos. É mais um detalhe. Deixa o Barba participar. Sou um grande jogador de dominó. É um jogo matemático. Penso se nos colégios ele não devia fazer parte para ajudar no desenvolvimento do raciocínio. Não sei se sabem, mas se joga em duplas, com o parceiro. Começa o jogo quem tem o maior carrão, aquela pedra que tem nas duas partes a mesma quantidade de sinais. Desculpem se avancei. São sete pedras de seis tipos. Vão sete para cada jogador, totalizando 28 em jogo. As partidas são chamadas "bolas de quatro". Uma vez completadas quatro, fica um a zero. Aí a gente joga uma melhor de sete partidas. Nós. Quem quiser pode fazer de outro jeito. Os parceiros precisam de muito entrosamento, sinais combinados, sintonia. Se o seu parceiro inicia o jogo, com o carrão, você já sabe que precisará protegê-lo. Os dois inimigos vão fazer tudo para prejudicá-lo. Aí você joga pedras interessantes pra ele poder participar e se dar bem. O negócio é sacar a sequência das pedras. Ali na segunda rodada, já sei tudo. Quem está com o quê. Semana passada dei uma baratada que foi foda. Baratada é quando bate com o carrão. Ah, os apelidos. Tem barata, terno, quadra, quina, sena ou duque, conforme o número de sinais. O Dinho chegou e fomos logo para a mesa. O Brown saiu com o carrão. Preciso olhar por ele. Saiu com uma cenoura, que é um carrão de sena. Rápido já sei como pegar. Olho o Brown, faço o sinal e ele já sabe. Vamos bem. O Barba, enlouquecido, disfarçando, mas todo mundo vê, tenta ajudar. Não falei. Ganhamos. Porra, revanche. Então começamos a tomar o Galiotto. Então tá. Porrada. Ganhamos. Saímos na umidade da madrugada, abraçados, eu e o Brown. Quico e Dinho putos um com o outro. Que se fodam. Vamos à Praça da Matriz. Sentamos no banco. Vazia. A hora. Brown me fala da grávida. Tá foda. Ele tem ido lá. Ele acha que a velha viu. Agora é a grávida que combina um outro lugar. Tanta gata arrastando a boceta no asfalto e tu vai na grávida. É. Então vai. O que tiver de ser, será. É só onda? Não. Vai terminar nas férias? Não. E aí, boneco? Tu nem trabalha, faz uns bicos muito escrotos só pra comprar birra. E aí? Não sei. A gente faz uns ganhos. Tá foda. Vai nessa. Vamos cantando. A cabeça está enorme. Mergulho na rede. O campeão de dominó.

Saco. Hoje não vou ao Barba. Decido ir pela praia, chutando água desde o Chapéu Virado até o Ariramba. Sem pressa. Curtindo Moscow e seu vento, seu ruído, o blablablá dos veranistas. Gosto das cenas. Papai, mamãe e filhinho que passeiam antes do jantar. As gurias querendo ser mulher e já assanhando os *boys*. Olho as peladas do fim da tarde. São quase sete e ainda há luz. Eu adoro jogar. Mas hoje não conheço a turma e fico apenas olhando. Uma bola sai e eu me apresso em pegar. Me exibo, faço embaixada, truques, e devolvo, orgulhoso, embora demonstre naturalidade. O passo fica mais lento no Murubira onde aproveito para examinar cuidadosamente as garotas. Pele queimada, shortinhos, sutiãs curtos. Elas pedem. Olho bem. Estou cagando se o namoradinho faz cara feia. É só figuração. Eles não estão dispostos a suar, se jogar no chão e de repente pegar porrada. Fazem a cena. Um palco está armado na areia. Essas coisas de julho. Me lembrei que nunca mais empinei papagaio. Eu era bom. Uma ciência. Algo para aprender. Estratégia, habilidade. Eu dava sempre no gasgo, cortava e pendurava fosse o que fosse, de rabiola, cangula a papagaio da 106. Mas isso foi antigamente. Ouço um som de violão em uma barraca, já no Ariramba. Vou chegando. É uma turma. Já estão todos melados, homens e mulheres. Amigos, acho. As mulheres todas têm mais de vinte, aí pra cima, e estão dando forte na cerveja e na batida.

Um está no violão. Toca músicas conhecidas. Roberto Carlos, Cazuza, conheço essas. Peço uma. Vou pedindo. A noite corre. De vez em quando vai um dar um mergulho e volta. Já estou na roda. Também canto. Eles me aceitam naturalmente. Contam piadas. Rio muito. Eles gostam. Embarco. Contam paradas. Turma da pesada. Birita e farra. Uma lá se engraça comigo. Não gosto. É feia, quadril grande. Podia até rolar um pega, claro, mas não dou abertura. Ela insiste. Tá, pode chegar junto, mas fica aí. Me pergunta se quero mergulhar. Tá. Que mergulhar nada. Quando descemos o barranco ela me agarra. Vou logo tentando baixar a calça dela. Joga num canto. Tira a calcinha. Tiro a bermuda. Corremos para a água. Foi gostoso. Rápido, mas gostoso. Comi porque rolou e pronto. Ela era escrota. Voltamos, nos vestimos e subimos. Mexeram com ela. Vão se foder! Ela gritou. Todos riram. E vamos nessa. Já era bem tarde. A cabeça pesada, arriscando piadas. Vamos pra outro lugar. Sei lá onde. Não lembro. Entramos em um jipe. Me sentei em uma quina, com o corpo quase todo pra fora. Não conheço os caras. Transei com a mulher, que se chamava Marilda, e foi só. O jipe arrancou guinchando. Todos loucos. Rindo alto. Velô. Perigo. Houve um momento em que a cabeça devaneou. Inseguro naquela quina, eu olhava a galera rindo, gritando, brincando em alta velocidade como que em câmera lenta. Súbito vem uma curva malfeita. Acho que foi na curva pro Porto Arthur. Todos gritaram de pavor. Meu corpo saiu quase inteiro. A adrenalina veio à toda. O carro derrapou, quase caiu no barranco. Paramos pra tomar fôlego. Foi a deixa. Caí fora. Depois a gente se vê. Tá bom. Nem deram bola. Continuaram na farra. Fiquei alguns instantes parado, ali, me refazendo. O medo consumiu o álcool. Fiquei bom. O perigo da morte veio feio. Uma experiência forte. Respirei fundo e comecei a caminhar. Sabe de uma coisa, bom é nadar de madrugada. Dei o bordo pelo Lílian Lúcia, evitei as pedras que ficam quase em frente ao caramanchão, mergulhei e comecei a nadar naquela água deliciosa, naquele cenário de sonhos, as luzes iluminando a água e reinando impávida, a Ilha dos Amores. Eh vida! O porre passou em um estalo. Também... Nadar foi bom pra botar pra fora a tensão, mais álcool e tudo o mais. Quando saí, lá adiante, voltei para casa tranquilo. Mergulhei na rede. *Bye.*

Dinho me espera na esquina. Querem repetir o ganho. Nem estava a fim, mas sou do grupo. Na distribuidora de gás. O Quico se informou. É questão de peito pra pegar o ganho. Passo em casa e desentoco o berro. A respiração pesada de Dondinha. Olhamos de longe. Tem vigia e alarme. Eu vou apagar o velho. Brown corta o fio da energia. Quico vai no pé-de-cabra pelos fundos. Dinho, de olho. Chego andando mole. O velho está sentado em seu banquinho escutando rádio, desses pequenos de apertar no ouvido. Digo que estou vindo do Posto Médico, por causa de febre. Peço água para tomar o remédio. Ele me olha desconfiado. Faço cara de besta. Passa o olho em volta. Aquele silêncio. Aquela brisa modorrenta. Vai na frente. Na minha frente, lentamente, para a lateral da casa, pegar sua garrafa térmica. Dou uma porrada na nuca. Com toda a minha força. Ele cai feito um saco. Não. Agarra minha perna. Filho da puta. Não posso deixá-lo gritar. Abafo a boca. Não. Agora os dedos na garganta. Ele me olha esbugalhado e aos poucos vai ficando solto. Sua unha entra fundo no meu antebraço. Já era. Faço sinal. Brown vem e sobe no poste. Corta a energia. Quico já está nos fundos. Entramos no escuro. O olho está acostumado. Reviramos tudo, com calma. Calma. Tá limpo. Encontramos a grana. Quinhentas pilas. Dá pro ganho. Ainda digo pro Brown, quem é merda, então? O braço lateja um pouco. Vai passar. Nos dividimos e vamos ao Barba. Repartimos o ganho e pagamos algumas atrasadas. Até apostas. Mas somos cuidadosos. Ninguém espoca nada. Com esses caras tudo sempre vai funcionar. Até chegar em casa, o dia também vem. Já passou a tensão na caminhada. Foi legal. A turma funciona. A gente é foda. Me lembro da Graça. Ela está amanhã na praia, com certeza. E aí, vou encarar? Vou apostar? Acordar cedo, tirar uma de mauricinho e ir à praia? E como vou acordar? Me concentrei em duas da tarde. Pensei forte. Vai dar certo. A cabeça começa a pesar gostoso.

Lógico, perdi a hora. O corpo acostuma. Mas ainda eram umas três. Saí rápido. Susto geral em todos. Depois eu conto. A luz brutal na vista. O trânsito barulhento. A música de milhares de lugares. A luz na areia, refletindo. Demais. Fui bordejando a praia, pelo asfalto. Atravessei os ajiruzeiros. Cheguei. Tava uma festa. Graça, lá. Meu Deus, de biquíni, uma obra perfeita. Queria beijar seu dedão do pé. Tudo mínimo. A penugem na bunda. Perfeita. As gatinhas lindas e seus umbigos fartos. Maior titití. Fui chegando lento. Outro susto. Ela veio, toda legal. Não expliquei. Ficamos conversando. O Beto tava, mas com a galera. Os irmãos da Graça. Mas ficou olhando, sei lá. Foda-se. Eu vim, estou aqui e agora vamos ver. Brincaram com a minha cor. Ri amarelo. Podia responder mas não devia. O pai dela chamou para tomar cerveja. Não aceitei. Pedi uma coca. Acabei de acordar, não entra legal e podia complicar. O que foi no braço? Bola. Jogo de goleiro. Não é nada. Sentamos na areia, ela bem junto de mim, a perna roçando. Preciso parar de pensar no toque físico e rolar um papo. Contou de Belém. Me deu a ficha da galera. Falei sobre Mosqueiro. Dos lugares. Ficou interessada. A gente precisava sair junto. Eu precisava ir à praia mais vezes. É. Comprei sorvete que ia passando. Ela gosta de Bacuri. Eu também. Derrete rápido no sol. Nos melamos. Entramos na água para nos lavar e dar um mergulho. Fomos até o fundo.

Ela me disse, de repente, direta, que o Beto lhe contara. De gostar dela. De não entrar na área. De ciúmes. Ciúme, eu? E riu. Um riso lindo, naquele sol das quatro da tarde que doura a pele. O cabelo molhado, aqueles dentes perfeitos. Uma deusa. Gosto sim. Mas ele não devia ter contado. Agora foi. E aí? Pergunto, descarado. A gente precisa conversar. Se ver. Se conhecer. Só aparece de noite, todo escabreado, entra e sai. Não fico à vontade. Tem sempre muita gente. E a galera lá na areia, já sabe? Não. Só eu. O Beto não vai contar. Prometeu. Acho bom. Tenho chance? Tem. Voltamos. Minha cabeça a mil. Rolava um *heavy metal*. Minha alma aos pulos. Meio zonzo. Respondi ao que ela perguntou sem saber o que dizia. E como um direto na ponta do queixo, vem entrando na água, na nossa direção, Mara. Acho que um murro não faria tanto efeito. Me enterro? Me afogo? Corro? Encaro. Sim. Vou encarar. Mas foi a Graça quem falou com Dona Mara. Me apresentou. Faz de conta. Minha mão está gelada. Graça pergunta por Izabel e Cristina. Ela mostra, titubeante. Penso que a sua cabeça também está doida. E as meninas, jogando frescobol, gatíssimas. Mara fala do assunto da semana. Do assassinato da Érika Morais, filha do Dr. Cristiano e da Therezinha, aqueles que moram ali no Catolé. Morta. Graça também comenta que ficou chocada, que deu no jornal, na televisão, que assistiu em Belém. O pescoço quebrado, estraçalhado. Fico branco. Alguma coisa em minha memória mistura e mistura. Estou confuso. Não digo nada. Ninguém sabe. O pescoço quebrado. O rosto batido nas pedras. Mas como? Ninguém sabe. Sumiu durante a noite. Uma criança? Ia fazer onze em outubro. Ninguém viu, ouviu nada? Não, mas o cunhado da Therezinha é o França, subcomandante da Polícia Militar. Não se fala em outra coisa na praia. Estão investigando tudo. Quem sabe impressão digital, sei lá? Ouço tudo, congelado. Alguma coisa naquela história. Graça pergunta se vão à casa da Jackie no aniversário, de noite. Vê se vai também. Corajosa, Mara me pergunta se vou. Graça responde por mim. Tragédia. O olho de Mara fuzila. Ela está em um biquíni preto fabuloso, transtornando a vida dos outros coroas e de suas coroas. E é minha. Graça me diz que as meninas estudam no colégio. Não na mesma sala. Que admira a mãe. Que falam muito dela. Mas é muito inteligente, segurou a onda e vive sua vida. Apenas balanço a cabeça. Foi um choque. As duas, cara a cara. E ainda se conhecem. Preciso de alguns minutos para pensar. Mas Graça está em pleno pique. Ela senta, me aluga, me deixa ao seu lado, no que obedeço gostosamente. Primeiro fala da menina, que acha que conhecia. Que o perigo está chegando ao Mosqueiro. Que todos precisamos ter cuidado, principalmente eu que gosto da noite. Cansa do assunto. Fala das amigas, de música, de colégio e a tudo vou prestando atenção, menos no assunto mas no tudo que é seu rosto, seu cabelo, suas expressões, seu riso, a cor da pele, no que ela chega próximo ao seio, seu umbigo farto e generoso. Ela me passa energia. Muita. Quando a galera mexe com a gente ela manda calar. A mãe oferece um pratinho com camarões. Aceito. Seu olhar de mãe é bonito, dona do pedaço, no controle da obediência. Ficamos assim, deixando a tarde acabar. Não sentia a areia, a luz, o barulho, nada me incomodava. Eu olhava para dentro de Graça. Só. Vão embora. De noite na casa da Jackie, todos se despedem. Me pede para ir antes em sua casa. Vou. Encantado, flutuo até em casa para botar um jeans. As costas e o rosto ardendo de sol. Vermelho. Dondinha vem me dizer que Brown mandou um aviso. Precisa falar. Urgente. Pra mim não há nada urgente. Deve ser pra comentar o de ontem. Já está todo mundo com o seu. Depois. Tem a Graça. Passo no Sucatão e nem falo com Dona Beba. Voando para a casa da Graça. Ficamos conversando na entrada. Sobre qualquer coisa. Ela gosta de falar. Eu gosto de ouvir. Qualquer coisa. Ela. Beto chega. Encosta. Não larga. Agora me sobe uma raiva. Mas disfarço. Ela entra para se vestir. Vão para o aniversário. Eu e ele.

Disse que o Catolé está uma cagada com a morte da garota. Que o IML vai dizer em que hora ela morreu. Insinua algo? Não respondi. Falo da Graça. Avisei para não encarar. Entrei na área é gol. É minha. Ele ri amarelo. Fecho a cara. Não te mete que vai feder pro teu lado. O pai me chama. Acho que vai com a minha cara. Agora é *whisky*. Aceito. Tomo devagar para não queimar o filme. Vão sair. Beto vai ajudar. Não me convidou. Não tem problema. Dou meu jeito. Imagina. Mas a Graça convida. Vou no banco de trás. Cara amarrada. Ela e o Beto na frente. Mais raiva. Preciso me controlar. Esse merda vai levar. Chegamos. Vamos entrando. Todos se conhecem. Vou pelos cantos. Só gatinha. Me entoco em um canto. Cerveja na mão. Não sei se gosto. Gosto da Graça. Por mim, levava ela pra outro lugar. Para ficar ouvindo. Para beijar. Ela vem. Quer dançar. Não sei. Vou ficar ridículo. Mas há uma ordem calada no ar. Obedeço. Rápido estamos suados. Ela, sobre o beiço. Linda. Sob os braços. Eu lamberia. Olho em volta e dou de cara. Mara e as filhas. Graça me cutuca. Estava paralisado. Rio amarelo. Ela que saiba que não vou queimar o filme. Ela que não queime. Graça vai ao banheiro. Volto pro canto. Mara encosta. Já conhecia a turma? Não. Graça. Uma amiga. De Belém. Do colégio. E aí? Aí nada. Tenho vontade de perguntar se nos veremos novamente. Mas não. Aposto no meu filme. O dono da casa vem e ela vai com ele. Bom. Graça volta para mim. Vamos ao jardim. Ela não viu Mara comigo. Ficamos muito próximos. Ponho a mão na cintura. Chego junto do rosto. Sinto o calor de seu corpo. O perfume. Fecho os olhos. Ensaio um beijo honesto. Ela desvia. Ainda não. Vamos dançar. Dançar! Ridículo, tentando dançar. Canso. Suamos. Está dando no saco. Não é minha praia. Só Graça. Paramos. Ela conversa com amigas. Vou pegar uma cerveja. Quando volto, ela dança com Beto. Raiva. Vou pegar esse cara. Param. Vou buscá-la. Voltamos ao jardim. Vai namorar com ele? Não. Um amigo. O que é que tem? Seguro o ódio.

Nada. Ela chega próximo e dá um beijo no rosto. Fico mais vermelho ainda. Beija a minha boca. Rápido. De surpresa. Sem língua. Tchau. O pai está chamando. Aparece amanhã. Não há tempo. Ela vai. Vai com o Beto. O sacana chega perto de mim. Aponta o relógio e diz que logo, logo vão saber a hora em que morreu a garota. Esse merda não sabe com quem mexe. Vai saindo. Graça em seu carro. No banco da frente. Esse cara vai levar. Mara aparece, mas não ligo. Saio rápido. Vou a pé, quase correndo, a raiva subindo. No caminho percebo que ele precisa sair da cena. Esse negócio da menina. Eu fui deixá-lo em casa. A menina. Tem uma menina passeando na minha cabeça, mas daí em diante... a menina pula o pátio e vem, mas é que... ando de mãos dadas e esse cara desconfia. Acho que ele vai sair de cena. Não posso evitar. Se ele soubesse que eu não sei direito, também. Se ele soubesse o que o espera. Se soubesse que não posso queimar meu filme agora. Chego na casa da Graça. Beto está lá. Conversam. Se ele beijar eu mato aqui mesmo. Não dá pra ver direito. Vou para a esquina onde ele passará na saída. Lá vem. Vou para a frente. Ele para. Chego todo mole na porta e peço uma carona. Vamos dar uma volta? Minha cabeça trabalha a mil. Falo de umas gatas no Hotel Paraíso. Ele acha que está tarde. Provoco dizendo que é boiola. Vamos só pra conhecer. Depois a gente vai pra valer. Ele ri amarelo. Bota um som e vamos na estrada, correndo. Ele tem pressa e não tem vontade. Queria dormir. Vai ver mamãe dá bronca se chega tarde. Essa tensão me dá um frio na barriga. É gostoso. Na estrada. Perto. Mando parar porque estou em dúvida. Me atiro em seu pescoço. Ele não entende. Reage. É forte. Vai ver é desses que fazem academia. Mas eu tenho a força da rua. Aperto o pescoço e dou com a cabeça dele na janela até sair sangue. Ele me chuta, dá joelhada, aperta minhas mãos, meu peito. Nem ligo. Estou concentrado, apertando, apertando. Uso toda a minha força. É quando vêm na mente os rostos das garotas. Todas elas. Os olhos esbugalhados. Me olha bem. Me olha bem! Fotografa pra nunca mais! Feito galinha de pescoço torcido. Já era. Nas narinas, aquele cheiro de cocô de galinha. Agora é o rosto do vigia, leso! Beto cai pro lado. Já era! Olho em volta. Respiro fundo. Até voltar ao normal. Tenho que me livrar dele. E o carro? Porra, agora dou um jeito. Carrego ele com dificuldade. Vai com a cara arranhando no chão. Entro no mato e deixo bem lá dentro. Fecho o carro e levo a chave. Quem passar vai achar que deu prego e o dono foi buscar socorro. Agora preciso de ajuda. O Dinho sabe dirigir. É uma pernada. Mas tenho tempo. Umas quatro horas até o amanhecer. Andei pra caralho. Puxei uma *bike* de um pátio e dei no pé. Pernada. Passo no Barba. Só Quico e Dinho no dominó. Explico. Vamos. Dinho foi acordar o Nissim. Empresta a chave do carro. Jogo rápido. É do pai dele. Uma Kombi de entregar verduras no mercado. Ele nos deve muitas. Chegamos. Silêncio. Vamos no mato e trazemos o Beto. Cheio de formiga. Escondemos a Kombi. Levamos o carro do Beto para uma vicinal e entramos com tudo no mato, arranhando porta, quebrando galho. Deixa lá. Voltamos a pé. Pegamos a Kombi. Tchau. Valeu. Me deito pensando no que aconteceu. Precisei. Agora vamos ver. Eu quero essa mulher. Graça. Não é como as outras. Não é só pra comer. Eu quero essa mulher. Nunca achei isso de nenhuma outra. Lembro que ela me pediu para aparecer. Vou. Preciso dormir. Entro, deito na rede e quem disse? Rolo. Rolo. Durmo. Sonho com ela, de noite, na Ilha dos Amores. Agora sonho com a garota, com Beto. Acordo assustado.

Acordo tarde. Mas ainda dá. Encontro minha mãe na saída. Ela está curiosa. Quer saber. Não tenho tempo. Não temos tempo um para o outro. Nunca. Ela brinca que é rabo de saia. Dou de ombros. Não há tempo. Saio correndo. Chego suado. Graça está. Pensou que ninguém ia aparecer. Beto não foi. Faço que não sei. Não me interessa. Ela sabe que houve algo. Imagina. As mulheres. Adianta que não há razão. Só um amigo. Ele gosta de mim. Ah! Troco o assunto. E a festa? Achou graça de mim, dançando. Fico bobo. Ela me deixa assim. Todos brincam com meu corpo vermelho de sol. Tenho um lanho na costela. Foi no futebol. Goleiro é assim. Hoje fico debaixo da barraca. Ela vem e me passa uma pomada. A mão leve, deslizando pela costa, pelo peito. Demais. Não posso evitar uma leve ereção que escondo. Ela também respira fundo. Pergunta se gostei. Gostei do quê? Do beijo. Quero mais. Ela me fita direto, olhos bem abertos. Quer olhar para dentro de mim. Também olho para dentro dela. Agora não. Sei. Podíamos sair. Já? Ainda não. Em casa. A gente começa a namorar. Não começou ainda? Já. Minha alma dá pulos por dentro. Ela me pede para falar mais de mim. Difícil. Outra turma. Outra vida. Minto um tanto. Não exagero. Tenho cuidado. Ela pode perceber. Ficamos quase enroscados um no outro até ela ir embora. Volto pela praia, chutando água. O Mosqueiro está em festa e eu nem reparo. Há em mim uma festa muito maior. Chego em casa flutuando. Estou no chuveiro cantando, procurando esquecer aquele cheiro de cocô de galinha, aquele bodum de galinha que às vezes entranha na roupa da gente. A moçada lá dentro brincando comigo. Hoje nada me aborrece. Dondinha passou meu jeans e chego cheio de esperanças na casa da Graça. Ela também se vestiu com jeito. Não está com roupa caseira. Está pra mim. Falo com a turma, assim, mais íntimo e procurando ser bem polido. Sentamos no pátio em um banco e ficamos conversando bobagens, rindo às vezes por nada, só de olhar um para o outro. Imagina se a galera me vê assim, todo de mauricinho, rindo de graça. Estamos de mãos dadas e é dela o convite para irmos até a calçada, lá fora. Primeiro em pé, à vista de todos, depois sentamos protegidos pelo muro. Aí veio o primeiro beijo de verdade. Um beijo de amor. Respondi com a mesma intensidade, tomando cuidado para não forçar nada. Na verdade eu me entreguei às suas vontades. Mesmo *takes* cortantes do seu pescoço eu repeli. Seu perfume, suas coxas, puta que pariu, eu estava ali. Muitos beijos. Peguei no seu pescoço, senti os cabelinhos na nuca, uma beleza. Não toquei em mais nada porque ainda estava muito cedo. E aí vieram as perguntas. Onde passo as manhãs, as tardes? Trabalhando? Não tem problema. Não. Disse que dormia tarde e que acordava ao meio-dia. Disse também que estudava muito para o vestibular e decidira continuar no esquema durante as férias, aproveitando para me divertir à noite. Por isso não ia à praia. Mas agora era diferente. Ela ficou preocupada. Não queria prejudicar meus estudos. Nada disso. Agora durmo cedo e estudo de manhã. Ela quis saber com quem eu saía de noite. Eu disse que era com a turma que estuda comigo para o vestibular. Todos queremos ser médicos, disse, para impressionar. Ela gostou. Os pais iam gostar de saber que o namorado novo dela era tão estudioso assim. Namorado? Isso está andando muito bem. E aí voltamos a conversar bobagens maravilhosas, como o primeiro dia em que a abordei. Ela me disse que nunca havia me visto antes. Eu duvido. Mas sabe como são as mulheres e seu jogo de sedução. Se desde o ano passado eu tô te sacando... Ela me disse que as amigas caíram de pau achando que ela foi muito galinha me dando bola no dia do picolé e tal. E que tinha ficado encabulada por isso. Eu disse que se não funcionasse naquele dia, era nunca mais. Menti que no ano anterior eu tinha uma garota muito ciumenta e eu não podia chegar próximo nem como amigo. E que agora era diferente. E perguntei pelos namorados dela. Ficou embaraçada. Vai ver que em Belém... Ela me diz que o Beto é apenas um paquera e que agora já foi descartado. Até não aparece mais. Acho que viu que eu estava na frente dele. Não pisco e apenas concordo. Em algum momento isso vai ficar feio. Não sei o que pensar. Hoje, não vão sair. O pai está cansado e resolveu não deixar. Paciência. Amanhã a gente se vê na praia. Demos um longo beijo e saí de lá me cheirando todo, porque havia ficado o perfume da Graça no corpo. Que diferença. Hoje não vou aprontar. Hoje quero curtir a paixão. Ando pela praia e vou à Ilha dos Amores. Nem quero saber dos chatos que vão e vêm, das garotas cheia de charme reclamando das pedras pontudas ou dos garotos que vão para policiar as irmãs e fazem todas as tolices irritando os namorados. Hoje fico ali na ponta, engolindo todo o vento da noite, deixando que o barulho da água me invada sem defesas. Fico todo besta porque a Graça gosta de mim e eu gosto dela. Fico todo besta porque sei que me portei bem, disse as coisas certas, não dei mancada. Vai funcionar. Essas férias vão ser inesquecíveis. O sono vem rápido porque estou um tanto atrasado. Retomo o caminho de casa pisando leve, nas nuvens, ouvindo uma melodia que toca apenas para mim. Moscow em julho, inesquecível. Graça, um beijo pra você. Durmo.

Hoje não deu. Dormi pra burro. E a galera chama. Tá, hoje não tem Graça porque também já acho que não devo ir entregando o ouro de uma vez. Mulher é mulher, e o que elas querem é mandar na gente. Deixa ela ficar esperando, curiosa pra saber se eu vou aparecer. Também tem uma coisa. O negócio do Beto vai estourar. Vão procurar. Será que já acharam? Ainda não ouvi nada. Ninguém me viu com ele no carro. Foi um assalto, sei lá. Acho que me safo legal. Mas hoje não. Hoje é dia de aventura. Saímos eu, Quico, Dinho e Brown. Hoje é na Prainha. Sempre fica um *boyzinho* cercando uma empregadinha na praia. Sempre. E é logo cedo, quando elas acabam a janta. A família relaxa e elas vão pro escurinho. Vamos de mansinho, escondidos pelas árvores. O Quico já viu. Ele é foda. Vamos chegando e pimba! São dois homens. Dois rapazes. Porra, um deles é o Vivico, filho do caseiro lá da casa do Seu Amadeu no Farol. Caralho! Porra Vivico! Que merda, Vivico! O sacana estava de pau duro e ia cair na bunda do mauricinho! A gente ria que rolava no chão. O Vivico estava estático. O Dinho fez um sinal pra ele se mandar. Saiu correndo. Aí foi o mauricinho apavorado, chorando, prometendo dinheiro, o caralho. O Quico enrabou ele. O Dinho também. Prometeram porrada e ele calou a boca. Até gostou, acho. Gostar, não sei. O Quico não fez pra ele gostar. Foi com toda força. Ele gritou.

O Dinho botou o pau na boca dele até gozar. Não fui. Nem o Brown. O sacana está metido até o pescoço com a grávida. E a gangue do cara? Não bota fé. Vai dar merda. Ele não quer nem saber. Por isso andou me procurando com urgência. Está querendo até fugir com ela. Não sabe pra onde e nem o que vai fazer. Não posso falar. Também estou apaixonado. Se em vez do Vivico tivesse uma xoxota eu ia com prazer porque eu gosto disso. Mas não sendo, nem chego perto. Deixo o Quico e o Dinho se divertirem. Porra, o mauricinho *gay* está passando vergonha. Mas não digo nada. Eles que sabem a hora de parar. Até dou uma protegida no rosto. De repente o cara pinta quando estou com a Graça. Como estou ficando... Ficamos com o celular e a carteira do figura. O calção nós rasgamos e jogamos longe. Como ele vai pra casa, não sei. Vai ver o Vivico, que tava com o cara, e quem sabe até faturar algum, está escondido pra ajudar. O Vivico é homem, a gente sabe. Mas é que estando precisado, de repente o cara promete e tal e ele vai e faz o serviço, claro, vai dizer que não? A bunda é do cara, não dele. Saímos pela estrada, tranquilos, brincando com tudo. A conversa agora é sobre as férias. Quico e Dinho estão adorando. Brown também, mas todos estamos preocupados. Eles me acham pensativo e eu digo que não é nada. Falo que comi uma coroa legal e faturei uns cobres. Eles me pedem para ir experimentar também e eu digo que quem sabe. Mas no fundo, nem pensar. Aquela valeu a pena, e eu vou querer mais. Tenho minhas próprias conquistas. Minhas descobertas. Essas férias nunca vou esquecer por causa da Mara e por causa da Graça. Umas coisas também. Falamos das paradas. O Barba anda preocupado porque o Canhão andou por lá como quem não quer nada. Vai ver foi o assalto na casa dos grã-finos. Ou no depósito de gás? A gente não deixou pista, nada. Somos cuidadosos. O que o Barba ficou pra repassar foi bobagem, bem entocada. O vigia que morreu, ninguém sabe. Deu no jornal? Deixa dar. A gente já fez outras paradas e não deu em nada. O Quico reclama que ele é que escuta do Barba. A gente sacaneia na boa. Vai comer a bunda do Barba, porra. Quem manda... Ele ri. Sabe que é brincadeira. Que a gente respeita. É o primeiro fresco português que a gente conhece! Todos rimos. É a turma. Nós gostamos uns dos outros. Andamos por aí. Passamos na quadra de futsal que agora está vazia, escura. Descobrimos uma bola furada. Aproveitamos o luar para brincar de futebol. É o máximo. Volto pra casa aliviado, tranquilo, apaixonado por meus amigos, por Moscow, por Graça. Durmo fácil.

Eles vieram me acordar. Quico e Dinho esperam na esquina. Brown. Problema. Estava escondido. A mulher grávida. Ele voltou lá. Ia fugir com ela. O marido quer matar. Sério. Reuniu a galera. Onde está? Perto da ponte. Vamos lá. Agora? Quê? Não vai encarar? Vou. Deixa trocar de roupa. Entro e desaba sobre mim o mundo. O meu mundo. Graça me espera. Para namorar. Agora acordo mais cedo. Vou à praia. Saio com a turma. Beto está fora. Eu flutuo por essa mulher. Tomo a decisão. Vou ver Brown. Vamos de bicicleta. Vou na garupa de Dinho. Vem um *boyzinho*, garoto, de *bike*. Tomamos. Agora também tenho a minha. É uma boa pernada até lá. Ainda longe deixamos as *bikes*. Vamos margeando, no escuro. Dinho não quer pegar a estradinha. Entramos pelo mato. Luzes. Puta que pariu, sujou. Tem gente na área. Caralho. Chegamos mais próximo. Há uma roda. Um corpo no meio. Zé Camarão está lá. É o dono do barraco. Ele nos devia uma. O Brown veio pra cá. Será o Brown, lá, caído? A luz é de uma Caravan velha. O Brown está morto. Ensanguentado. Meu amigo. Estou assustado. O coração em velô. A respiração. Tenho vontade de chorar. Brown, mano velho. Essa foi foda. E agora? Fazer o quê? Largar o velho aí? Ir lá? A gente desarmado. O Dinho conhece alguns. Malvados. Ir pra porrada não é a hora. A gente tem colhão mas agora espera. A gente pega eles um por um. Lagrimo, de raiva. Quero matá-los um a um. O marido da grávida tá lá, olhando, encarando, chutando o Brown, todo bonzão. Filho da puta. Não segura a mulher, fazer o quê? É corno mesmo, filho da puta. Pegou porrada uma vez, se vingou e agora vai morrer, eu juro. Esperamos. Eles pegam o carro e sartam. Vamos lá. O Zé Camarão todo rebarbado. A família escondida dentro d'água. Foi foda. Tu devia essa pra gente. Não vem encarar. Brown está todo espocado. Deram na cabeça. Esfaquearam. Queriam queimar, mas isso ia chamar a atenção. O Zé não sabe o que fazer com o corpo. Nem nós. Deixar ali? Não, né? É o Brown, nosso mano, do peito, de tantas paradas. Agora ele tá ali com a cara estourada, os olhos quase pulados de dor. Porra, a gente carrega e enterra ele lá adiante pra não enrolar o Zé. Ele não teve culpa. Eu quero pegar o filho da puta que deu a parada. Que avisou onde ele tava. Mas isso é pra depois. Botamos o Brown no ombro e fomos andando. O corpo ainda quente. Sangue escorrendo. Sujando as nossas roupas. Levamos emprestada a enxada do Zé. Cavamos e deixamos ele lá. Quem vai contar pra família? A tia? Sei lá. Cavamos aquela cova às pressas, chorando de raiva. O exercício feito me enchia mais e mais de ódio. Já estava naquele sentimento calado em que não penso em nada, não falo nada, quero matar e desabafar. Cavo e tento lembrar das nossas paradas em Belém. Estragaram as férias. Ele vai pagar aquele cara de merda. Voltamos ao barraco do Zé para entregar a enxada, dar um mergulho e tirar a sujeira do corpo. Voltamos à estrada, pegamos as *bikes*. Decidimos procurar a grávida. Se ela não falar, morre. Que se foda. Um estirão até a Praia do Areião. Hoje tem pouca gente. É segunda. Cautela. Controla a raiva. Conheço o lugar. Damos a volta. Entramos por trás. Antes, uma sacada no ambiente. Silêncio. Escuridão. Vou primeiro, rastejando, sujando a mão na lama, cocô de galinha, não penso em nada a não ser matar. Nada. Chamo. Casa vazia. Remexida. Brigaram. Sangue. E agora? Ferrou? Não. Lembrei da velha. Da vizinha. Vamos lá. Derrubamos a porta. Um casal. O velho levanta e leva um socão. O Dinho bota o pezão no pescoço dele. Cala a boca. A velha já está na minha gravata. Cadê o vizinho? Cadê a grávida? Jogo os óculos dela no chão e amasso. Puxo o cabelo até ela lagrimar. Ela conta. Brigaram. Ele foi embora. Ela foi pro ambulatório. Abortou. Ajudei a levar, mas não podia ficar. Ele podia voltar. É perigoso. Ela também era foguenta. Vinha um cara aí, um morenão. Foi meter chifre, já viu. Dou um coque violento nela. Cala a boca que é meu amigo. Vamos pro ambulatório? E como vai ser pra entrar? Velha, tu sabe onde esse cara tá! Abre o bico. Tu escolhe. Quem vai primeiro, tu ou o velho? O Dinho doido pra dar nele. O Quico acha que a velha sabe porque ia fofocar com a grávida. Onde o cara foi? Ela pensa nervosamente. Ele tem um tio que é sargento da PM. Ali na Rua da Prata, perto da praia do Murubira. Ela falou nesse sargento. Que ele é que protegia o Baldo e a gangue. Baldo? O nome do filho da puta. Nome do defunto, com certeza. Onde mesmo? Ela explica. Se não for lá eu volto aqui e arranco tua língua com os dedos! Saímos naquela noite escura, sem lua, noite de preguiça depois do final de semana intenso, sem pensar, sem falar, com objetivo fixo. O Quico vai antes no Barba e volta com as facas. Não precisa berro. Vai ser de faca. Vou arrancar os colhões desse Baldo de merda. Fomos pela praia. Deixamos as *bikes* escondidas nas pedras. Damos uma grande volta. Já vimos a casa. Melhor entrar por trás. Tem cachorro? E eu lá quero saber? É casa de gente que mora em Moscow. Tem veranistas. A gente vê pelas roupas amontoadas para secar ou lavar. Uma TV ligada. Mas há pouco movimento. Quico vai pela frente bater palmas como quem oferece doce. Eu entro direto por trás com Dinho. Ouço as palmas. Entro com tudo. Uma garota novinha dá um pulo com o susto. O Dinho segura. Um homem com quase cinquenta é o primeiro a perceber. Mas é surpresa. Enfio a faca direto, no centro do peito. Pega o coração. É na hora. Enfio até o cabo e rodo. Ele vai caindo feito um saco e eu aguentando. O Dinho já degolou a garota e agora ouvimos uma correria em um dos quartos. O cara quer fugir pela janela. Entramos. Ele tava saindo mas o Quico passou a faca na mão dele que vem com um dedo cortado. Pulamos em cima. Ele agora fica imóvel. Pede perdão. Peço pro Quico que procure na cozinha aquele martelo de amaciar carne. Pego uma fronha de travesseiro e passo na boca. Filho de uma puta! Corno! Quico trouxe. Fazemos rodízio. Um de cada vez dá uma martelada na cabeça. Um olho por vez. O nariz. Bate na boca até sujar toda a fronha. Até vou para a nuca. Vou para os ouvidos. A cara dele está uma pasta. Vai apanhar mais. Não adianta se fazer de morto. Agora que vai começar! Pegamos as facas. Aí o cara se desespera. Te fode mermão! Tenho nojo de pegar no pau dele, mas passo a faca no saco. Direto. Quico e Dinho vão metendo onde podem. Aí vira paneiro. Discutimos se deixamos ele morrer sozinho. Não. Ele tem que ficar bem morto. Me ajoelho junto dele. Puxo pelo cabelo. Baldo! Baldo! Ele precisa me ouvir. O olho mexe de lado. Filho da puta, essa é pelo Brown! E dou aquela no meio do peito, até o cabo e rodo. Acabou. Agora vamos beber e comer. A galera da casa tá lá na praia, passeando. Esse corno escondido aqui. Merdão. Eles têm Coca na geladeira. Uma garrafa velha de Martini. Manda. Pão. Estamos comendo quando ouvimos a sirene da polícia. Será pra cá? Bombeiro? Ambulância? Vamos sartar. Algum vizinho filho da puta deve ter ligado. Me mando por trás, passando por baixo dos arames de pendurar roupa. Entro no mato com os caralhos. Escuto a zoeira. Tiros. Vou junto do muro de uma casa vazia. Olho na rua. Radiopatrulha com luzes ligadas. Gente chegando correndo. Aproveito a muva e vou saindo assim como quem não quer nada. Ando alguns metros, tremendo, segurando a onda. Alguém grita. Puta que pariu, minha camisa cheia de sangue. Já estou correndo. Tiro a camisa, enrolo na mão. Jogo por cima de um muro. Me misturo na galera que vem chegando.

Agora estou na praia. Puta correria. Sem camisa dou uma afinada, saio de banda, lentamente. Passo entre casais de namorados e curiosos. Vejo a Pajero do primo do Dinho. Gabriel! Gabriel! Valeu, mermão. Só no *heavy*! Tem duas gurias com ele. Me apresenta. Estou suado. Estava na bola. O Dinho tá lá. Um pouco longe. Cansei. Vim dar um rolé. Ele adora minha chegada. Estava aplicando pra cima de uma das gurias e a outra ficava de pastel. Assim entro na Pajero, no lugar do motora, e fico fazendo pose. Débora, a guria senta do meu lado. Supernormal. Deixamos o som rolar bem alto. Sinceramente, não dá nem pra olhar a guria. Minha cabeça é uma cagada. Ela sai correndo e gritando por um menino. Porra, outro pastel. Ele foi ver a muvuca. Pegaram um e mataram outro. Ouço sem nem piscar. Levaram preso na radiopatrulha. Fodeu-se. Quem morreu? Primeiro Brown, agora... tá foda. E lá vêm guardas. Pelo menos não é a polícia aqui do Mosqueiro. Eles passam e não olham pra Pajero. Eu no volante, com a guria e o maninho. Pensei em passar a mão na cabeça dele. Não. Pode não gostar. Ia dar na vista. Lá vem o Gabriel. A guria se queixa. Barra pesada. Crime. Polícia. Pede para ir embora. O Gabriel fica enputecido. Estava ferrando a dele. Olha pra mim. Eu olho pro menino. Ele saca. Ri. Vamos sartar. Dá uma carona? Não posso ir pra lugar nenhum. Digo que a gente podia ir curtir *heavy* na casa dele. Não pode. Uma tia. Visita. O som alto. Não adianta. Preciso encarar. Me deixa na entrada da Vila. Preciso saber. Vou no Barba ou é touca? Hoje não. A essa altura. Quem morreu? Quem tá no pau de arara levando pressão? Quem vai abrir? E se for o Quico e o Barba for lá e abrir pra livrar o namorado? Quem vai me acudir? Mara. Tem que ser ela. Deixa que eu fico aqui mesmo. Me viro. Tenho uma parada. Valeu. Som animal. A gente passa lá outra noite. Um beijo pra vocês, gurias. Chego protegido na escuridão. Está lá o carro, a casa, uma luz acesa. Espero. É o quarto de Mara. Ela pode ter alguém com ela. Uma das filhas.

Fico em vigília. Tão tenso que tenho câimbra nos dedos dos pés. Aguardo até que há somente o silêncio cortado pelos primeiros passarinhos que cantam tristes. E agora, subo até a janela de seu quarto? Não dá para pensar. Subo com facilidade até sua janela, meramente encostada. O ar-condicionado desligado. Não gosta. Sorte. As duas filhas estão geladinhas. Ela dorme só, bonita, o cabelão escorrendo pelas costas, queimada, de lado, o bundão voltado para mim e um começo de sol, intruso destacando seus cabelinhos louros que saem da calcinha. Não há tempo para cinema. Ela se mexe e, nervoso, salto tapando sua boca. Puta susto. Olhos arregalados. Corpo que luta. Me vê. Sou eu. Está tudo bem. Desculpe entrar assim. Tapei a boca para evitar o grito e acordar a casa. Ela está aborrecida, claro. Sonolenta, não entende. Não posso perder a calma. Preciso. Deixa eu ficar aqui. Não, claro. Já explicou. Já. Mas eu preciso. Ela esfrega os olhos. Uma briga. Uma turma atrás de mim. O único lugar em que ninguém pode saber. Disse que ficava no quarto. Não poria a cara fora dali. Somente até a noite. Ela parece arrependida de tudo. Peço. Olhar pidão. Pergunta se houve crime, roubo, se tem polícia na jogada. Não, claro que não. Me ajuda. Ela não sabe o que dizer. Está assustada. Com medo de dizer não. Eu sei. Concorda. Pede silêncio. Tranca a porta a chave. Me acocoro em um canto. Não. Vem pra cá. Deito na cama e sinto seu cheiro. Mas estou muito tenso. Suor. Ela vai ao banheiro e pega uma toalha. Me enxuga. Ficamos ali deitados, acordados, em silêncio. Ela pensa. As filhas vão acordar bem tarde. A caseira que nas férias faz as vezes de cozinheira deve chegar lá pelas oito. Passo por um sono e acordo assustado, sozinho, e me ponho em guarda imediatamente. Ela vai aguentar a pressão? Vai contar? Chamar a polícia? Range a porta, roda a chave, ela entra com um pão na mão que como avidamente. Já planejou tudo. Ficamos em silêncio. As filhas acordam e tomam café. Ela vai levá-las à praia. Precisa fazer compras. Volta para casa. Dispensa a caseira. Vão comer fora. Quando for buscar as filhas na praia, aproveita para dar um giro até anoitecer. Quando voltarem não estarei mais. A casa acorda. As filhas e sua melodia. Brigam, cantam, rola um som. Fico na cama, alerta, mas com os olhos ardendo. Acompanho tudo, inclusive uma tentativa de entrar no quarto com a porta fechada. Mara dá alguma desculpa, sei lá, mas fiquei tremendo, a barriga queimando. Durante o tempo em que Mara está fora de casa, não posso me mexer, provocar ruídos no colchão e na cama. Não posso nada. Fico imóvel por causa da empregada. Aproveito para pensar no que aconteceu. Parece tudo planejado. Penso em Graça e no que ia começar com ela. Por um instante havia um degrau na minha vida. E agora? Pode não dar em nada. Brown foi assassinado. Um morreu e outro preso. Vai suportar a onda? Que onda? Quem chamou a RP? Não. Não eram os suspeitos de sempre. Ninguém tinha ficha. Barba já tirara uns tempos por causa de receptação, mas agora tava limpo. E qualquer coisa, passavam um troco para Canhão ou Bebeto e ficava tranquilo. Será que o Quico se safou? Ou Dinho? Sem saber disso, não podia planejar nada. Lembro da cena de Brown, ensanguentado, morto. Soluço. Tremo. Medo. Aquilo foi real. O amigo de tantas paradas. Segredos. O amigo de Belém. Tranquei o choro. Engoli. Ia sair e descobrir o estrago. Dormi. Direto. Som de carro. Vozes. Silêncio. Tentei olhar pela fresta da janela mas o ângulo era desfavorável. Essa coroa é legal. Ela pode até achar que é mentira, mas resolveu dar uma força. E olha que pode se dar mal. Mara é legal. E gostosa. Bonita. E tesão. Sim, tesão. A porta rangeu, a chave virou. Mara. Agora ela queria saber de tudo. Repeti a onda com mais detalhes. Fim de noite, estava no Sucatão. Falei de Dona Beba e que às vezes a barra pesa e eu dou uma força. Mas eram três. De uma turma. Conhecia alguns caras. Eles quiseram assaltar, quebrar. Briguei. Apanhei mas bati. Eles foram embora dizendo que ia sobrar pra mim. Vieram avisar que a turma estava vindo. Que ia me caçar. Não podia voltar pra casa e subi em seu quarto. Procura a polícia. Não. Vou ficar ainda mais marcado. Deixa passar uns dias. Volto para Belém. Acho bom. Eu não sou maluca. Isso da briga pode ser verdade. Mas pode não ser. Eu já estava lá dentro e teria muito a explicar. Por isso ajudou. Mas fim de papo. Que me mandasse. Fique fria. Obrigado. Realmente. Você é legal. Uma mulher legal. Uma mulher de verdade. Relaxa. Temos um tempo juntos. E eu estou precisando. Você precisa de um banho. Me deu. Banho quente, gostoso. Me passou sabonete. Chupou meu pau. Aquela mulher era de verdade, bundão, peitão, cabelos longos. Tentei carregá-la para a cama. Não consegui. Mas nos atiramos. Despejei nela toda a tensão das últimas horas. Desta vez, janela fechada, ar condicionado ligado. Teve a primeira e a segunda. A primeira com sofreguidão. Na segunda, sem pressa, pesquisei todo seu corpo. Chupei seu dedão do pé, sua virilha, aquela boceta cheia de pentelhos negros, cuidadosamente aparados na medida do biquíni. Lambi sua bunda, que ela me disse nunca ter experimentado, gozando sem que eu enfiasse nada a não ser a língua. Peitões enormes que ela me ofereceu. Eu quero tua bunda. Ela gemeu. Eu fui. Mergulhei tudo. Tirei porque ela pediu para gozar na frente. Trocou a camisinha. E eu lá penso em trocar camisinha! Nessa tarde, nessa cama, eu me tornei um homem. Mais uma que te devo, Mara. Me alimentou. Carinho. Fala mansa. Risos. O que só a mulher pode dar a um homem. Ela não quer que eu volte a Mosqueiro. Mas quer me ver em Belém. Quer viver novamente essa loucura. Quando bateu olho no olho, mesmo com a diferença de idade, ela achou que ia ser legal. Foi mesmo. Digo que sim, mas penso que nesse instante não sei o que será de mim. Tudo pode acontecer. Ficamos abraçados, melancólicos, aguardando a hora da separação. Não posso dizer nada. A língua coça. Preciso dividir com alguém os acontecimentos. Não com ela. O tempo passa e a cabeça já está ligada, fora dali. Me esforço para ser carinhoso. Ela merece. Me pede uma despedida. Baixa meu calção e me suga novamente. Nunca vi disso. Ela, a mulher, pedindo. Não tenho que tomar nada à força, na intimidação. Quer me dar uma lembrança. Um anel. Não uso nada. Nunca usei. Ponho. Abre a carteira. Reclamo mas preciso. Cinquenta pilas. Mais do que suficiente. Com isso vou à lua. Ela vai apanhar as filhas. A tarde se desmancha. Não é noite de lua. Bom. Me pede para ligar em Belém. Digo que procuro no catálogo seu consultório. Sei que não posso ter nada em meu poder. Pode queimar seu filme. Acho que de alguma maneira a situação a excitou. Liberou para o sexo. Pra mim foi bom. Ela vai. Perambulo pela casa. Entro no quarto das filhas. Abro gavetas, cheiro calcinhas e biquínis. Deito nas camas. Elas são gostosas, como a mãe. Deveria ter respeito, mas nada posso fazer. Elas são quase da minha idade. Eu as provaria com prazer. Agora me sinto liberado para o sexo. Aprendi tudo. Olho o som, os CDs, televisão e me dá vontade de levar. De repente ajudaria. Mas controlo a vontade. Seria muita sacanagem. Ela me ajudou. Me deu dinheiro. Em Belém poderia rolar. Se tivesse Belém ainda. Lembro da galera de casa. E quem quer saber? Se a polícia vai lá de repente é até bom. Pensariam em mim. Passa vergonha mesmo e pronto. O que rolou, rolou. Não dou a mínima. Na verdade, dou. Mas é tarde e vamo nessa. Sarto. Pego as vicinais. Os caminhos pelo meio da mata. Mosqueiro é minha praia principalmente à noite. Não posso despertar a atenção de ninguém. Não sei o que está acontecendo. Vou procurar por Quico na casa do Barba. Demoro muito mais do que o normal. Vou atento a todos os ruídos, invisível no manto da noite e de minha cautela. Próximo à casa do Barba, redobro a atenção. Agora estou exposto. Passam carros de veranistas que pouco estão me ligando. Ótimo. Brown morreu. Por causa de uma vadia. Não teve nada com o assalto. É uma casa antiga. Fico alguns minutos, de longe, apreciando, examinando. Nada. Entro no matagal ao lado. Silêncio. Entro por trás. Dona Cota em sua cadeira de embalo. A mãe do Barba. Bem velhinha. Será que nunca percebeu que Barba e Quico vivem juntos? A ilha inteira sabe. Eles não são de agarra-agarra em público. Nós, os amigos, sabemos, entendemos e gostamos deles. Comigo não, mas isso é coisa antiga, dos dois, e pronto. São felizes. Entro, me acocoro e pergunto pelo Barba. Ela mal me conhece. Talvez lembre da minha voz. Não está. Esteve aqui depois do almoço e saiu. Disse que ia passar uns dias fora. O delegado Cosme também veio com a PM. Fez o maior barulho. O sotaque português dela é forte. Mexeram no quarto dele. E eu lá sei, meu filho? Puta que pariu. Saí. Passo no Barba? Não tem ninguém, com certeza. Está fechado. É um risco passar por lá. Não vou. Preciso pensar onde. Onde? Alguém deu o serviço? Mas está pegando, isso eu sei. Não vou ser apanhado. Isso é certo. Então vou tentar Nissim ou Tomás. Foi por causa do sacana do Tomás que deu essa merda. Sorte estar próximo do Nissim. Fui chegando e ele estava na porta. Com a mãe e as irmãs. Ele me viu. Veio andando. Me disse pra me mandar, assim bem baixinho. Me conta. A gangue do Cruzeiro matou o Tomás. Foi enterrado ontem de manhã. Soubeste do Dinho? Morreu. Polícia. E o Quico tá preso, pegando porrada. Te manda. Me mando. Agora não tenho ninguém. Para onde ir. O Barba pode me entregar pra safar o Quico. Agora não valho porra nenhuma. A noite me engole nos caminhos de Moscow. Subo em uma árvore para pensar. Posso pegar uma *bike* pra chegar na casa do Zé Camarão. Mas é foda. Vão me pegar. Não tem como. Tenho que pegar a estrada. Beiradão nem pensar. Mara. Não tem jeito. Ela me leva até o Zé. Pego a canoa e atravesso. Do outro lado me viro. Chego novamente na casa. Agora não espero nada. Subo o segundo andar. Vou pra janela. Vou entrando e reparo que há mais uma pessoa. Mais uma mulher. A filha. Sei lá qual das duas. Ela acorda e já estou com a mão na boca. Mara! Como explicar? Ela pede que a filha fique tranquila. Voltei porque preciso. Ela fala que me conhece da praia. Graça. Não entende. Eu e Mara? Não interessa. Preciso de uma carona. Até perto da ponte. Vida ou morte. Já. Agora. Neste instante. A filha não entende o papo. Mara em situação difícil. Fazer o quê? Agora. Preciso da noite. Tá feia a coisa. A filha quer saber do papo. Elas vão conosco. Mara estremece. Ela percebe que há uma ameaça no ar. Há. Vamos lá acordar a outra. Vamos. Mara me puxa. Quer uma explicação. Não tem. É agora. Por favor. Não dá pra dizer não. Me pede, com olhar fixo, pra não machucar as filhas. Não. Tu me pedes, basta. Entramos no quarto. A outra era Cristina, só de calcinha, peitinhos lindos. Desculpa mas é assim. Não te preocupa. Já esqueci do que vi. Não é assim? Veste qualquer coisa. Rápido. Vamos. Entramos no carro. Cristina vai com Mara na frente. Eu vou atrás com Izabel. Vai tranquila. Não corre. Estamos passeando. Se a polícia parar, sou namorado da Izabel. Polícia? É. Polícia. Fodeu. E se eu te entregar. Com as tuas filhas aqui? Com a Izabel aqui do meu lado? Vamos bem. A noite é escura. Fim de férias. Fim de tudo. Mas escapo. Já estou pensando. Pegamos a estrada à altura do Chapéu Virado. Na confluência com o Murubira, uma barreira. Tô fodido. Penso se salto antes, vou pelo mato o resto. Não há tempo. A pé chego de dia. Encaro. Numa boa. Chego Izabel pra perto e abraço como namorado. Fiquem frias aí na frente. Mara treme. Relaxa, coroa, relaxa. Paramos. Os guardas com lanterna. Eles não sentem ameaça com Mara e a filha na frente, enquanto eu dou um beijo de língua em Izabel. Passamos. O coração batendo tudo. Izabel me larga com raiva. Fala que acha que eu matei o Beto. Que Beto? Cristina dá o serviço. Acharam ele dentro do carro, morto. Não tinha nada pra fazer ali. Saiu da casa da Graça e disse que ia dormir. Mara pergunta se é essa a bronca. Agora não é hora pra mentir. Até me dá prazer em contar. Ele era um bosta. Foi isso? Não sei. Mataste? Foi. Silêncio total. Mara chocada. As filhas revoltadas com a mãe. Deu merda. E agora o medo real nos olhos das patricinhas. Com vocês não pega nada. Nunca vai pegar. Tenho até vontade porque são gostosas, mas não vai pegar. A mãe de vocês é do caralho. Grande figura. Grande mulher. Entra ali. Dá sim para entrar, não fica com medo. Tá bom aqui. Eu vou me mandar. Não dedura não. Aí eu vou ficar puto. Aí eu vou voltar pra ver vocês. Aí não vai ter polícia que me segure. Voltem pra vida de vocês. Vocês podem. Vão numa boa. Eu vou me safar. Mara, tu foi legal pacas. Tu é um mulherão. Te respeito. Desculpa mas não deu. Era tu e tu mermo. Valeu. Vou no escuro tropeçando mas agora sei. No meio do caminho bateu a desconfiança do Zé Camarão. Será que ele abriu alguma coisa? O Barba sabe. E se me espera lá com a polícia? Puta que pariu. Não tenho ninguém. Estou por minha conta. Não falo com o Zé. Entro pelo mato até a água. Vou chapinhando com cautela. Na casa, tudo quieto, mas pode ser cilada. Não precisa papo. Preciso da canoa. Sei onde fica escondida na margem. Vou arrastando bem devagar. Lentamente. Bem lentamente. Por mim saía correndo, mas não dá. Entro na água e vou me deixando engolir pela noite. Maré baixa. Agora subo e vou remando, contornando o banco de areia sob a ponte, enquanto o dia vem chegando com os caralhos, arrombando a noite de ficar vermelho o céu. Chego cansado, cansado pacas de tanta lenha. Não é sono. É cansaço, tensão acumulada. Mas ainda preciso empurrar a canoa até bem dentro do mato onde escondo. O dia chega e agora estou em perigo. Preciso encontrar a saída.

Atravessei o Furo das Marinhas. Agora tem um retão do caralho até Santa Bárbara. Por dentro do mato. Vou enfrentando tudo. Mosquito pra caralho! Vou até a beira da estrada, atravesso rápido. Do outro lado a vegetação é melhor para andar. Como é longe! De carro não parece. Já andei muito. O cansaço é foda. Preciso descansar. Não acredito que entrem no mato atrás de mim. Dou uma relaxada e desligo direto. Acordo com formiga mordendo. Filha da puta! Suado. Queimado. Lanhado. Devem ser lá pelas cinco. Melhor esperar a noite. Vou até a beira da estrada. Um tanto adiante, um caminhão parado. Vou chegando, escondido. Pneu furado. O cara vai começar a trocar. Encosto. De Castanhal. Leva mudança de volta. Fim de férias. Peço carona. O cabra me olha desconfiado. Minha cara. Meu corpo. Minha voz rouca. Ele diz que eu andei aprontando. Que escutou o noticiário. Não quer se meter. Lembrei das cinquenta pilas. Mostro. Ele pensa. Pede para esperar trocar o pneu escondido. Vai me botar lá no meio dos móveis. Está com medo, mas precisa da grana. Volto pro mato. Estou nas mãos dele. Mas podia dar certo. A velha sorte não tinha me abandonado. Dou um tempo. Acho que agora dá. Levanto e vejo uma menina passando. Vem só de shortinho, sem camisa. Uns oito anos, se tanto. Viridiana, acho. Língua presa. Linda. Eu pego sua mão. Acaricio o rosto. Passo a mão nos peitinhos inexistentes.

Ela compreende o perigo por instinto. Quer escapar. Tarde. Já enlacei o pescoço que torço com facilidade até ouvir o troc! Agora ela está inerte, mole. Nem deu trabalho. Deu vontade. Abro a braguilha. Ouço os gritos. Não tenho tempo de correr. São muitos. Me batem na cabeça. Muito. Me amarram em um tronco. Me metem a faca. Nem sinto mais nada. Agora querem tocar fogo. Sinto cheiro de carne queimada. Vejo tudo borrado. Ouço a sirene. Estou nas últimas. Tão perto de escapar. Alguém com voz de autoridade me pergunta o nome. Digo: Santo. Ouço ele gritar para outro dizer no rádio que pegaram o Tinho. Isso foi por último. Agora estou sobrevoando Moscow naquele começo de noite, das praias iluminadas, da Ilha de Amores quieta, da Graça, da minha mãe e os outros. Tão perto, Moscow, mas não deu. *Bye.*

EDYR AUGUSTO NA BOITEMPO

Os Éguas (1998)
Quarta capa de **Daniel Galera**,
Marcelino Freire e **Ubiratan Brasil**

Casa de Caba (2004)
Orelha de **Marcelino Freire**

Um sol para cada um (2008)
Orelha de **Wlad Lima**
Quarta capa de **Nelson de Oliveira**

Selva concreta (2012)
Orelha de **Marcelo Damaso**

Pssica (2015)
Orelha de **Daniel Galera**

BelHell (2020)
Orelha de **Franssinete Florenzano**
Quarta capa de **Fernando Meirelles**

Este livro foi composto em Adobe Garamond Pro, 12/14,4, e reimpresso em papel Pólen Soft 80 g/m² na gráfica Rettec para a Boitempo, em dezembro de 2021, com tiragem de 2.000 exemplares.